# CLARO ENIGMA

**CLARO ENIGMA**

# CARLOS DRUMMOND DE ANDRADE

POSFÁCIO DE
**MIA COUTO**

*nova edição*

EDITORA RECORD
RIO DE JANEIRO • SÃO PAULO
2022

**CONSELHO EDITORIAL**
Edmílson Caminha, Livia Vianna,
Luis Mauricio Graña Drummond,
Pedro Augusto Graña Drummond,
Roberta Machado, Rodrigo Lacerda
e Sônia Machado Jardim

**EDITOR-EXECUTIVO**
Rodrigo Lacerda

**GERENTE EDITORIAL**
Duda Costa

**EDITORA ASSISTENTE**
Thaís Lima

**ASSISTENTES EDITORIAIS**
Caíque Gomes e Nathalia Necchy (estagiária)

**PROJETO GRÁFICO DE CAPA E MIOLO**
Leonardo Iaccarino

**FIXAÇÃO DE TEXTO**
Edmílson Caminha

**CRONOLOGIA**
José Domingos de Brito (criação)
Marcella Ramos (checagem)

**BIBLIOGRAFIAS**
Alexei Bueno

**REVISÃO**
Renato Rosário

**DIAGRAMAÇÃO**
Ricardo Pinto

**AUTOCARICATURA (LOMBADA)**
Carlos Drummond de Andrade, 1961

**FOTO DRUMMOND (ORELHA)**
DR/Novarro, déc. 1950. Acervo da família Drummond.

---

CIP-BRASIL. CATALOGAÇÃO NA PUBLICAÇÃO
SINDICATO NACIONAL DOS EDITORES DE LIVROS, RJ

C218r
21. ed.

Andrade, Carlos Drummond de, 1902-1987
Claro enigma / Carlos Drummond de Andrade. - 21. ed. -
Rio de Janeiro : Record, 2022.

Inclui bibliografia
ISBN 978-65-5587-464-8

1. Poesia brasileira. I. Título.

22-75379

CDD: 869.1
CDU: 82-1(81)

Meri Gleice Rodrigues de Souza - Bibliotecária - CRB-7/6472

Carlos Drummond de Andrade © Graña Drummond
www.carlosdrummond.com.br

Todos os direitos reservados. Proibida a reprodução, armazenamento ou transmissão de partes deste livro, através de quaisquer meios, sem prévia autorização por escrito.

Texto revisado segundo o novo Acordo Ortográfico da Língua Portuguesa.

Direitos exclusivos desta edição reservados pela
EDITORA RECORD LTDA.
Rua Argentina, 171 – Rio de Janeiro, RJ – 20921-380 – Tel.: (21) 2585-2000.

---

Impresso no Brasil

ISBN 978-65-5587-464-8

Seja um leitor preferencial Record.
Cadastre-se em www.record.com.br e receba informações
sobre nossos lançamentos e nossas promoções.

Atendimento e venda direta ao leitor:
sac@record.com.br

# SUMÁRIO

## I. ENTRE LOBO E CÃO

15  Dissolução
17  Remissão
18  A ingaia ciência
19  Legado
20  Confissão
21  Perguntas em forma de cavalo-marinho
22  Os animais do presépio
24  Sonetilho do falso Fernando Pessoa
25  Um boi vê os homens
26  Memória
27  A tela contemplada
28  Ser
29  Contemplação no banco
32  Sonho de um sonho
35  Cantiga de enganar
39  Oficina irritada
40  Opaco
41  Aspiração

## II. NOTÍCIAS AMOROSAS

45  Amar
46  Entre o ser e as coisas

| | |
|---|---|
| 47 | Tarde de maio |
| 49 | Fraga e sombra |
| 50 | Canção para álbum de moça |
| 52 | Rapto |
| 53 | Campo de flores |

### III. O MENINO E OS HOMENS

| | |
|---|---|
| 57 | A um varão, que acaba de nascer |
| 60 | O chamado |
| 61 | Quintana's Bar |
| 63 | Aniversário |

### IV. SELO DE MINAS

| | |
|---|---|
| 67 | Evocação mariana |
| 68 | Estampas de Vila Rica |
| 71 | Morte das casas de Ouro Preto |
| 75 | Canto negro |
| 79 | Os bens e o sangue |

### V. OS LÁBIOS CERRADOS

| | |
|---|---|
| 87 | Convívio |
| 89 | Permanência |
| 90 | Perguntas |
| 93 | Carta |
| 95 | Encontro |
| 96 | A mesa |

### IV. A MÁQUINA DO MUNDO

109 A máquina do mundo

113 Relógio do Rosário

117 Posfácio, *por Mia Couto*

123 Cronologia: Na época do lançamento (1948-1954)

137 Bibliografia de Carlos Drummond de Andrade

145 Bibliografia sobre Carlos Drummond de Andrade (seleta)

155 Índice de primeiros versos

A Américo Facó

*Les événements m'ennuient.*

P. Valéry

# I. ENTRE LOBO E CÃO

# DISSOLUÇÃO

Escurece, e não me seduz
tatear sequer uma lâmpada.
Pois que aprouve ao dia findar,
aceito a noite.

E com ela aceito que brote
uma ordem outra de seres
e coisas não figuradas.
Braços cruzados.

Vazio de quanto amávamos,
mais vasto é o céu. Povoações
surgem do vácuo.
Habito alguma?

E nem destaco minha pele
da confluente escuridão.
Um fim unânime concentra-se
e pousa no ar. Hesitando.

E aquele agressivo espírito
que o dia carreia consigo,
já não oprime. Assim a paz,
destroçada.

Vai durar mil anos, ou
extinguir-se na cor do galo?
Esta rosa é definitiva,
ainda que pobre.

Imaginação, falsa demente,
já te desprezo. E tu, palavra.
No mundo, perene trânsito,
calamo-nos.
E sem alma, corpo, és suave.

## REMISSÃO

Tua memória, pasto de poesia,
tua poesia, pasto dos vulgares,
vão se engastando numa coisa fria
a que tu chamas: vida, e seus pesares.

Mas, pesares de quê? perguntaria,
se esse travo de angústia nos cantares,
se o que dorme na base da elegia
vai correndo e secando pelos ares,

e nada resta, mesmo, do que escreves
e te forçou ao exílio das palavras,
senão contentamento de escrever,

enquanto o tempo, e suas formas breves
ou longas, que sutil interpretavas,
se evapora no fundo de teu ser?

## A INGAIA CIÊNCIA

A madureza, essa terrível prenda
que alguém nos dá, raptando-nos, com ela,
todo sabor gratuito de oferenda
sob a glacialidade de uma estela,

a madureza vê, posto que a venda
interrompa a surpresa da janela,
o círculo vazio, onde se estenda,
e que o mundo converte numa cela.

A madureza sabe o preço exato
dos amores, dos ócios, dos quebrantos,
e nada pode contra sua ciência

e nem contra si mesma. O agudo olfato,
o agudo olhar, a mão, livre de encantos,
se destroem no sonho da existência.

*18*

## LEGADO

Que lembrança darei ao país que me deu
tudo que lembro e sei, tudo quanto senti?
Na noite do sem-fim, breve o tempo esqueceu
minha incerta medalha, e a meu nome se ri.

E mereço esperar mais do que os outros, eu?
Tu não me enganas, mundo, e não te engano a ti.
Esses monstros atuais, não os cativa Orfeu,
a vagar, taciturno, entre o talvez e o se.

Não deixarei de mim nenhum canto radioso,
uma voz matinal palpitando na bruma
e que arranque de alguém seu mais secreto espinho.

De tudo quanto foi meu passo caprichoso
na vida, restará, pois o resto se esfuma,
uma pedra que havia em meio do caminho.

## CONFISSÃO

Não amei bastante meu semelhante,
não catei o verme nem curei a sarna.
Só proferi algumas palavras,
melodiosas, tarde, ao voltar da festa.

Dei sem dar e beijei sem beijo.
(Cego é talvez quem esconde os olhos
embaixo do catre.) E na meia-luz
tesouros fanam-se, os mais excelentes.

Do que restou, como compor um homem
e tudo que ele implica de suave,
de concordâncias vegetais, murmúrios
de riso, entrega, amor e piedade?

Não amei bastante sequer a mim mesmo,
contudo próximo. Não amei ninguém.
Salvo aquele pássaro – vinha azul e doido –
que se esfacelou na asa do avião.

## PERGUNTAS EM FORMA DE CAVALO-MARINHO

Que metro serve
para medir-nos?
Que forma é nossa
e que conteúdo?

Contemos algo?
Somos contidos?
Dão-nos um nome?
Estamos vivos?

A que aspiramos?
Que possuímos?
Que relembramos?
Onde jazemos?

(Nunca se finda
nem se criara.
Mistério é o tempo,
inigualável.)

## OS ANIMAIS DO PRESÉPIO

Salve, reino animal:
todo o peso celeste
suportas no teu ermo.

Toda a carga terrestre
carregas como se
fosse feita de vento.

Teus cascos lacerados
na lixa do caminho
e tuas cartilagens

e teu rude focinho
e tua cauda zonza,
teu pelo matizado,

tua escama furtiva,
as cores com que iludes
teu negrume geral,

teu voo limitado,
teu rastro melancólico,
tua pobre verônica

em mim, que nem pastor
soube ser, ou serei,
se incorporam, num sopro.

Para tocar o extremo
de minha natureza,
limito-me: sou burro.

Para trazer ao feno
o senso da escultura,
concentro-me: sou boi.

A vária condição
por onde se atropela
essa ânsia de explicar-me

agora se apascenta
à sombra do galpão
neste sinal: sou anjo.

## SONETILHO DO FALSO FERNANDO PESSOA

Onde nasci, morri.
Onde morri, existo.
E das peles que visto
muitas há que não vi.

Sem mim como sem ti
posso durar. Desisto
de tudo quanto é misto
e que odiei ou senti.

Nem Fausto nem Mefisto,
à deusa que se ri
deste nosso oaristo,

eis-me a dizer: assisto
além, nenhum, aqui,
mas não sou eu, nem isto.

## UM BOI VÊ OS HOMENS

Tão delicados (mais que um arbusto) e correm
e correm de um para outro lado, sempre esquecidos
de alguma coisa. Certamente, falta-lhes
não sei que atributo essencial, posto se apresentem nobres
e graves, por vezes. Ah, espantosamente graves,
até sinistros. Coitados, dir-se-ia não escutam
nem o canto do ar nem os segredos do feno,
como também parecem não enxergar o que é visível
e comum a cada um de nós, no espaço. E ficam tristes
e no rastro da tristeza chegam à crueldade.
Toda a expressão deles mora nos olhos – e perde-se
a um simples baixar de cílios, a uma sombra.
Nada nos pelos, nos extremos de inconcebível fragilidade,
e como neles há pouca montanha,
e que secura e que reentrâncias e que
impossibilidade de se organizarem em formas calmas,
permanentes e necessárias. Têm, talvez,
certa graça melancólica (um minuto) e com isto se fazem
perdoar a agitação incômoda e o translúcido
vazio interior que os torna tão pobres e carecidos
de emitir sons absurdos e agônicos: desejo, amor, ciúme
(que sabemos nós?), sons que se despedaçam e tombam no campo
como pedras aflitas e queimam a erva e a água,
e difícil, depois disso, é ruminarmos nossa verdade.

# MEMÓRIA

Amar o perdido
deixa confundido
este coração.

Nada pode o olvido
contra o sem sentido
apelo do Não.

As coisas tangíveis
tornam-se insensíveis
à palma da mão.

Mas as coisas findas,
muito mais que lindas,
essas ficarão.

## A TELA CONTEMPLADA

Pintor da soledade nos vestíbulos
de mármore e losango, onde as colunas
se deploram silentes, sem que as pombas
venham trazer um pouco do seu ruflo;

traça das finas torres consumidas
no vazio mais branco e na insolvência
de arquiteturas não arquitetadas,
porque a plástica é vã, se não comove,

ó criador de mitos que sufocam,
desperdiçando a terra, e já recuam
para a noite, e no charco se constelam,

por teus condutos flui um sangue vago,
e nas tuas pupilas, sob o tédio,
é a vida um suspiro sem paixão.

## SER

O filho que não fiz
hoje seria homem.
Ele corre na brisa,
sem carne, sem nome.

Às vezes o encontro
num encontro de nuvem.
Apoia em meu ombro
seu ombro nenhum.

Interrogo meu filho,
objeto de ar:
em que gruta ou concha
quedas abstrato?

Lá onde eu jazia,
responde-me o hálito,
não me percebeste,
contudo chamava-te

como ainda te chamo
(além, além do amor)
onde nada, tudo
aspira a criar-se.

O filho que não fiz
faz-se por si mesmo.

## CONTEMPLAÇÃO NO BANCO

*I*

O coração pulverizado range
sob o peso nervoso ou retardado ou tímido
que não deixa marca na alameda, mas deixa
essa estampa vaga no ar, e uma angústia em mim,
espiralante.

Tantos pisam este chão que ele talvez
um dia se humanize. E malaxado,
embebido da fluida substância de nossos segredos,
quem sabe a flor que aí se elabora, calcária, sanguínea?

Ah, não viver para contemplá-la! Contudo,
não é longo mentar uma flor, e permitido
correr por cima do estreito rio presente,
construir de bruma nosso arco-íris.

Nossos donos temporais ainda não devassaram
o claro estoque de manhãs
que cada um traz no sangue, no vento.

Passarei a vida entoando uma flor, pois não sei cantar
nem a guerra, nem o amor cruel, nem os ódios organizados,
e olho para os pés dos homens, e cismo.

Escultura de ar, minhas mãos
te modelam nua e abstrata
para o homem que não serei.

Ele talvez compreenda com todo o corpo,
para além da região minúscula do espírito,
a razão de ser, o ímpeto, a confusa
distribuição em mim, de seda e péssimo.

*II*

Nalgum lugar faz-se esse homem...
Contra a vontade dos pais ele nasce,
contra a astúcia da medicina ele cresce,
e ama, contra a amargura da política.

Não lhe convém o débil nome de filho,
pois só a nós mesmos podemos gerar,
e esse nega, sorrindo, a escura fonte.

Irmão lhe chamaria, mas irmão
por quê, se a vida nova
se nutre de outros sais, que não sabemos?

Ele é seu próprio irmão, no dia vasto,
na vasta integração das formas puras,
sublime arrolamento de contrários
enlaçados por fim.

Meu retrato futuro, como te amo,
e mineralmente te pressinto, e sinto
quanto estás longe de nosso vão desenho
e de nossas roucas onomatopeias...

*III*

Vejo-te nas ervas pisadas.
O jornal, que aí pousa, mente.

Descubro-te ausente nas esquinas
mais povoadas, e vejo-te incorpóreo,
contudo nítido, sobre o mar oceano.

Chamar-te visão seria
malconhecer as visões
de que é cheio o mundo
e vazio.

Quase posso tocar-te, como às coisas diluculares
que se moldam em nós, e a guarda não captura,
e vingam.

Dissolvendo a cortina de palavras,
tua forma abrange a terra e se desata
à maneira do frio, da chuva, do calor e das lágrimas.

Triste é não ter um verso maior que os literários,
é não compor um verso novo, desorbitado,
para envolver tua efígie lunar, ó quimera
que sobes do chão batido e da relva pobre.

## SONHO DE UM SONHO

Sonhei que estava sonhando
e que no meu sonho havia
um outro sonho esculpido.
Os três sonhos superpostos
dir-se-iam apenas elos
de uma infindável cadeia
de mitos organizados
em derredor de um pobre eu.
Eu que, mal de mim! sonhava.

Sonhava que no meu sonho
retinha uma zona lúcida
para concretar o fluido
como abstrair o maciço.
Sonhava que estava alerta,
e mais do que alerta, lúdico,
e receptivo, e magnético,
e em torno a mim se dispunham
possibilidades claras,
e, plástico, o ouro do tempo
vinha cingir-me e dourar-me
para todo o sempre, para
um sempre que ambicionava
mas de todo o ser temia...
Ai de mim! que mal sonhava.

Sonhei que os entes cativos
dessa livre disciplina
plenamente floresciam
permutando no universo
uma dileta substância
e um desejo apaziguado
de ser um com ser milhares,
pois o centro era eu de tudo,
como era cada um dos raios
desfechados para longe,
alcançando além da terra
ignota região lunar,
na perturbadora rota
que antigos não palmilharam
mas ficou traçada em branco
nos mais velhos portulanos
e no pó dos marinheiros
afogados em mar alto.

Sonhei que meu sonho vinha
como a realidade mesma.
Sonhei que o sonho se forma
não do que desejaríamos
ou de quanto silenciamos
em meio a ervas crescidas,
mas do que vigia e fulge
em cada ardente palavra
proferida sem malícia,
aberta como uma flor
se entreabre: radiosamente.

Sonhei que o sonho existia
não dentro, fora de nós,
e era tocá-lo e colhê-lo,
e sem demora sorvê-lo,
gastá-lo sem vão receio
de que um dia se gastara.
Sonhei certo espelho límpido
com a propriedade mágica
de refletir o melhor,
sem azedume ou frieza
por tudo que fosse obscuro,
mas antes o iluminando,
mansamente o convertendo
em fonte mesma de luz.
Obscuridade! Cansaço!
Oclusão de formas meigas!
Ó terra sobre diamantes!
Já vos libertais, sementes,
germinando à superfície
deste solo resgatado!

Sonhava, ai de mim, sonhando
que não sonhara... Mas via
na treva em frente a meu sonho,
nas paredes degradadas,
na fumaça, na impostura,
no riso mau, na inclemência,
na fúria contra os tranquilos,
na estreita clausura física,
no desamor à verdade,
na ausência de todo amor,
eu via, ai de mim, sentia
que o sonho era sonho, e falso.

## CANTIGA DE ENGANAR

O mundo não vale o mundo,
       meu bem.
Eu plantei um pé-de-sono,
brotaram vinte roseiras.
Se me cortei nelas todas
e se todas se tingiram
de um vago sangue jorrado
ao capricho dos espinhos,
não foi culpa de ninguém.
O mundo,
   meu bem,
      não vale
a pena, e a face serena
vale a face torturada.
Há muito aprendi a rir,
de quê? de mim? ou de nada?
O mundo, valer não vale.
Tal como sombra no vale,
a vida baixa... e se sobe
algum som deste declive,
não é grito de pastor
convocando seu rebanho.
Não é flauta, não é canto
de amoroso desencanto.
Não é suspiro de grilo,
voz noturna de nascentes,

não é mãe chamando filho,
não é silvo de serpentes
esquecidas de morder
como abstratas ao luar.
Não é choro de criança
para um homem se formar.
Tampouco a respiração
de soldados e de enfermos,
de meninos internados
ou de freiras em clausura.
Não são grupos submergidos
nas geleiras do entressonho
e que deixem desprender-se,
menos que simples palavra,
menos que folha no outono,
a partícula sonora
que a vida contém, e a morte
contém, o mero registro
da energia concentrada.
Não é nem isto nem nada.
É som que precede a música,
sobrante dos desencontros
e dos encontros fortuitos,
dos malencontros e das
miragens que se condensam
ou que se dissolvem noutras
absurdas figurações.
O mundo não tem sentido.
O mundo e suas canções
de timbre mais comovido
estão calados, e a fala
que de uma para outra sala
ouvimos em certo instante

é silêncio que faz eco
e que volta a ser silêncio
no negrume circundante.
Silêncio: que quer dizer?
Que diz a boca do mundo?
Meu bem, o mundo é fechado,
se não for antes vazio.
O mundo é talvez: e é só.
Talvez nem seja talvez.
O mundo não vale a pena,
mas a pena não existe.
Meu bem, façamos de conta.
De sofrer e de olvidar,
de lembrar e de fruir,
de escolher nossas lembranças
e revertê-las, acaso
se lembrem demais em nós.
Façamos, meu bem, de conta
– mas a conta não existe –
que é tudo como se fosse,
ou que, se fora, não era.
Meu bem, usemos palavras.
Façamos mundo: ideias.
Deixemos o mundo aos outros,
já que o querem gastar.
Meu bem, sejamos fortíssimos
– mas a força não existe –
e na mais pura mentira
do mundo que se desmente,
recortemos nossa imagem,
mais ilusória que tudo,
pois haverá maior falso
que imaginar-se alguém vivo,

como se um sonho pudesse
dar-nos o gosto do sonho?
Mas o sonho não existe.
Meu bem, assim acordados,
assim lúcidos, severos,
ou assim abandonados,
deixando-nos à deriva
levar na palma do tempo
– mas o tempo não existe –,
sejamos como se fôramos
num mundo que fosse: o Mundo.

## OFICINA IRRITADA

Eu quero compor um soneto duro
como poeta algum ousara escrever.
Eu quero pintar um soneto escuro,
seco, abafado, difícil de ler.

Quero que meu soneto, no futuro,
não desperte em ninguém nenhum prazer.
E que, no seu maligno ar imaturo,
ao mesmo tempo saiba ser, não ser.

Esse meu verbo antipático e impuro
há de pungir, há de fazer sofrer,
tendão de Vênus sob o pedicuro.

Ninguém o lembrará: tiro no muro,
cão mijando no caos, enquanto Arcturo,
claro enigma, se deixa surpreender.

## OPACO

Noite. Certo
muitos são os astros.
Mas o edifício
barra-me a vista.

Quis interpretá-lo.
Valeu? Hoje
barra-me (há luar) a vista.

Nada escrito no céu,
sei.
Mas queria vê-lo.
O edifício barra-me
a vista.

Zumbido
de besouro. Motor
arfando. O edifício barra-me
a vista.

Assim ao luar é mais humilde.
Por ele é que sei do luar.
Não, não me barra
a vista. A vista se barra
a si mesma.

## ASPIRAÇÃO

Já não queria a maternal adoração
que afinal nos exaure, e resplandece em pânico,
tampouco o sentimento de um achado precioso
como o de Catarina Kippenberg aos pés de Rilke.

E não queria o amor, sob disfarces tontos
da mesma ninfa desolada no seu ermo
e a constante procura de sede e não de linfa,
e não queria também a simples rosa do sexo,

abscôndita, sem nexo, nas hospedarias do vento,
como ainda não quero a amizade geométrica
de almas que se elegeram numa seara orgulhosa,
imbricamento, talvez? de carências melancólicas.

Aspiro antes à fiel indiferença
mas pausada bastante para sustentar a vida
e, na sua indiscriminação de crueldade e diamante,
capaz de sugerir o fim sem a injustiça dos prêmios.

# II. NOTÍCIAS AMOROSAS

## AMAR

Que pode uma criatura senão,
entre criaturas, amar?
amar e esquecer,
amar e malamar,
amar, desamar, amar?
sempre, e até de olhos vidrados, amar?

Que pode, pergunto, o ser amoroso,
sozinho, em rotação universal, senão
rodar também, e amar?
amar o que o mar traz à praia,
o que ele sepulta, e o que, na brisa marinha,
é sal, ou precisão de amor, ou simples ânsia?

Amar solenemente as palmas do deserto,
o que é entrega ou adoração expectante,
e amar o inóspito, o áspero,
um vaso sem flor, um chão de ferro,
e o peito inerte, e a rua vista em sonho, e uma ave de rapina.

Este o nosso destino: amor sem conta,
distribuído pelas coisas pérfidas ou nulas,
doação ilimitada a uma completa ingratidão,
e na concha vazia do amor a procura medrosa,
paciente, de mais e mais amor.

Amar a nossa falta mesma de amor, e na secura nossa
amar a água implícita, e o beijo tácito, e a sede infinita.

## ENTRE O SER E AS COISAS

Onda e amor, onde amor, ando indagando
ao largo vento e à rocha imperativa,
e a tudo me arremesso, nesse quando
amanhece frescor de coisa viva.

Às almas, não, as almas vão pairando,
e, esquecendo a lição que já se esquiva,
tornam amor humor, e vago e brando
o que é de natureza corrosiva.

N'água e na pedra amor deixa gravados
seus hieróglifos e mensagens, suas
verdades mais secretas e mais nuas.

E nem os elementos encantados
sabem do amor que os punge e que é, pungindo,
uma fogueira a arder no dia findo.

## TARDE DE MAIO

Como esses primitivos que carregam por toda parte o maxilar
[inferior de seus mortos,
assim te levo comigo, tarde de maio,
quando, ao rubor dos incêndios que consumiam a terra,
outra chama, não perceptível, e tão mais devastadora,
surdamente lavrava sob meus traços cômicos,
e uma a uma, *disjecta membra*, deixava ainda palpitantes
e condenadas, no solo ardente, porções de minh'alma
nunca antes nem nunca mais aferidas em sua nobreza
sem fruto.

Mas os primitivos imploram à relíquia saúde e chuva,
colheita, fim do inimigo, não sei que portentos.
Eu nada te peço a ti, tarde de maio,
senão que continues, no tempo e fora dele, irreversível,
sinal de derrota que se vai consumindo a ponto de
converter-se em sinal de beleza no rosto de alguém
que, precisamente, volve o rosto, e passa...
Outono é a estação em que ocorrem tais crises,
e em maio, tantas vezes, morremos.

Para renascer, eu sei, numa fictícia primavera,
já então espectrais sob o aveludado da casca,
trazendo na sombra a aderência das resinas fúnebres
com que nos ungiram, e nas vestes a poeira do carro
fúnebre, tarde de maio, em que desaparecemos,

sem que ninguém, o amor inclusive, pusesse reparo.
E os que o vissem não saberiam dizer: se era um préstito
lutuoso, arrastado, poeirento, ou um desfile carnavalesco.
Nem houve testemunha.

Não há nunca testemunhas. Há desatentos. Curiosos, muitos.
Quem reconhece o drama, quando se precipita, sem máscara?
Se morro de amor, todos o ignoram
e negam. O próprio amor se desconhece e maltrata.
O próprio amor se esconde, ao jeito dos bichos caçados;
não está certo de ser amor, há tanto lavou a memória
das impurezas de barro e folha em que repousava. E resta,
perdida no ar, por que melhor se conserve,
uma particular tristeza, a imprimir seu selo nas nuvens.

## FRAGA E SOMBRA

A sombra azul da tarde nos confrange.
Baixa, severa, a luz crepuscular.
Um sino toca, e não saber quem tange
é como se este som nascesse do ar.

Música breve, noite longa. O alfanje
que sono e sonho ceifa devagar
mal se desenha, fino, ante a falange
das nuvens esquecidas de passar.

Os dois apenas, entre céu e terra,
sentimos o espetáculo do mundo,
feito de mar ausente e abstrata serra.

E calcamos em nós, sob o profundo
instinto de existir, outra mais pura
vontade de anular a criatura.

## CANÇÃO PARA ÁLBUM DE MOÇA

Bom dia: eu dizia à moça
que de longe me sorria.
Bom dia: mas da distância
ela nem me respondia.
Em vão a fala dos olhos
e dos braços repetia
bom-dia à moça que estava,
de noite como de dia,
bem longe de meu poder
e de meu pobre bom-dia.
Bom dia sempre: se acaso
a resposta vier fria
ou tarde vier, contudo
esperarei o bom-dia.
E sobre casas compactas,
sobre o vale e a serrania,
irei repetindo manso
a qualquer hora: bom dia.
O tempo é talvez ingrato
e funda a melancolia
para que se justifique
o meu absurdo bom-dia.
Nem a moça põe reparo,
não sente, não desconfia
o que há de carinho preso
no cerne deste bom-dia.

Bom dia: repito à tarde,
à meia-noite: bom dia.
E de madrugada vou
pintando a cor de meu dia,
que a moça possa encontrá-lo
azul e rosa: bom dia.
Bom dia: apenas um eco
na mata (mas quem diria)
decifra minha mensagem,
deseja bom o meu dia.
A moça, sorrindo ao longe,
não sente, nessa alegria,
o que há de rude também
no clarão deste bom-dia.
De triste, túrbido, inquieto,
noite que se denuncia
e vai errante, sem fogos,
na mais louca nostalgia.
Ah, se um dia respondesses
ao meu bom-dia: bom dia!
Como a noite se mudara
no mais cristalino dia!

## RAPTO

Se uma águia fende os ares e arrebata
esse que é forma pura e que é suspiro
de terrenas delícias combinadas;
e se essa forma pura, degradando-se,
mais perfeita se eleva, pois atinge
a tortura do embate, no arremate
de uma exaustão suavíssima, tributo
com que se paga o voo mais cortante;
se, por amor de uma ave, ei-la recusa
o pasto natural aberto aos homens,
e pela via hermética e defesa
vai demandando o cândido alimento
que a alma faminta implora até o extremo;
se esses raptos terríveis se repetem
já nos campos e já pelas noturnas
portas de pérola dúbia das boates;
e se há no beijo estéril um soluço
esquivo e refolhado, cinza em núpcias,
e tudo é triste sob o céu flamante
(que o pecado cristão, ora jungido
ao mistério pagão, mais o alanceia),
baixemos nossos olhos ao desígnio
da natureza ambígua e reticente:
ela tece, dobrando-lhe o amargor,
outra forma de amar no acerbo amor.

## CAMPO DE FLORES

Deus me deu um amor no tempo de madureza,
quando os frutos ou não são colhidos ou sabem a verme.
Deus – ou foi talvez o Diabo – deu-me este amor maduro,
e a um e outro agradeço, pois que tenho um amor.

Pois que tenho um amor, volto aos mitos pretéritos
e outros acrescento aos que amor já criou.
Eis que eu mesmo me torno o mito mais radioso
e talhado em penumbra sou e não sou, mas sou.

Mas sou cada vez mais, eu que não me sabia
e cansado de mim julgava que era o mundo
um vácuo atormentado, um sistema de erros.
Amanhecem de novo as antigas manhãs
que não vivi jamais, pois jamais me sorriram.

Mas me sorriam sempre atrás de tua sombra
imensa e contraída como letra no muro
e só hoje presente.
Deus me deu um amor porque o mereci.
De tantos que já tive ou tiveram em mim,
o sumo se espremeu para fazer um vinho
ou foi sangue, talvez, que se armou em coágulo.

E o tempo que levou uma rosa indecisa
a tirar sua cor dessas chamas extintas
era o tempo mais justo. Era tempo de terra.
Onde não há jardim, as flores nascem de um
secreto investimento em formas improváveis.

Hoje tenho um amor e me faço espaçoso
para arrecadar as alfaias de muitos
amantes desgovernados, no mundo, ou triunfantes,
e ao vê-los amorosos e transidos em torno,
o sagrado terror converto em jubilação.

Seu grão de angústia amor já me oferece
na mão esquerda. Enquanto a outra acaricia
os cabelos e a voz e o passo e a arquitetura
e o mistério que além faz os seres preciosos
à visão extasiada.

Mas, porque me tocou um amor crepuscular,
há que amar diferente. De uma grave paciência
ladrilhar minhas mãos. E talvez a ironia
tenha dilacerado a melhor doação.
Há que amar e calar.
Para fora do tempo arrasto meus despojos
e estou vivo na luz que baixa e me confunde.

# III. O MENINO E OS HOMENS

## A UM VARÃO, QUE ACABA DE NASCER

Chegas, e um mundo vai-se
como animal ferido,
arqueja. Nem aponta
uma forma sensível,
pois já sabemos todos
que custa a modelar-se
uma raiz, um broto.
E contudo vens tarde.
Todos vêm tarde. A terra
anda morrendo sempre,
e a vida, se persiste,
passa descompassada,
e nosso andar é lento,
curto nosso respiro,
e logo repousamos
e renascemos logo.
(Renascemos? talvez.)
Crepita uma fogueira
que não aquece. Longe.
Todos vêm cedo, todos
chegam fora de tempo,
antes, depois. Durante,
quais os que aportam? Quem
respirou o momento,
vislumbrando a paisagem
de coração presente?

Quem amou e viveu?
Quem sofreu de verdade?
Como saber que foi
nossa aventura, e não
outra, que nos legaram?
No escuro prosseguimos.
Num vale de onde a luz
se exilou, e no entanto
basta cerrar os olhos
para que nele trema,
remoto e matinal,
o crepúsculo. Sombra!
Sombra e riso, que importa?
Estendem os mais sábios
a mão, e no ar ignoto
o roteiro decifram,
e é às vezes um eco,
outras, a caça esquiva,
que desafia, e salva-se.
E a corrente, atravessa-a,
mais que o veleiro impróprio,
certa cumplicidade
entre nosso corpo e água.
Os metais, as madeiras
já se deixam malear,
de pena, dóceis. Nada
é rude tão bastante
que nunca se apiede
e se furte a viver
em nossa companhia.
Este é de resto o mal
superior a todos:
a todos como a tudo

estamos presos. E
se tentas arrancar
o espinho de teu flanco,
a dor em ti rebate
a do espinho arrancado.
Nosso amor se mutila
a cada instante. A cada
instante agonizamos
ou agoniza alguém
sob o carinho nosso.
Ah, libertar-se, lá
onde as almas se espelhem
na mesma frigidez
de seu retrato, plenas!
É sonho, sonho. Ilhados,
pendentes, circunstantes,
na fome e na procura
de um eu imaginário
e que, sendo outro, aplaque
todo este ser em ser,
adoramos aquilo
que é nossa perda. E morte
e evasão e vigília
e negação do ser
com dissolver-se em outro
transmutam-se em moeda
e resgate do eterno.
Para amar sem motivo
e motivar o amor
na sua desrazão,
Pedro, vieste ao mundo.
Chamo-te meu irmão.

## O CHAMADO

Na rua escura o velho poeta
(lume de minha mocidade)
já não criava, simples criatura
exposta aos ventos da cidade.

Ao vê-lo curvo e desgarrado
na caótica noite urbana,
o que senti, não alegria,
era, talvez, carência humana.

E pergunto ao poeta, pergunto-lhe
(numa esperança que não digo)
para onde vai – a que angra serena,
a que Pasárgada, a que abrigo?

A palavra oscila no espaço
um momento. Eis que, sibilino,
entre as aparências sem rumo,
responde o poeta: Ao meu destino.

E foi-se para onde a intuição,
o amor, o risco desejado
o chamavam, sem que ninguém
pressentisse, em torno, o Chamado.

## QUINTANA'S BAR

Num bar fechado há muitos, muitos anos, e cujas portas de aço bruscamente se descerram, encontro, que eu nunca vira, o poeta Mário Quintana.

Tão simples reconhecê-lo, toda identificação é vã. O poeta levanta seu copo. Levanto o meu. Em algum lugar – coxilha? montanha? vai rorejando a manhã.

Na total desincorporação das coisas antigas, perdura um elemento mágico: estrela-do-mar – ou Aldebarã?, tamanquinhos, menina correndo com o arco. E corre com pés de lã.

Falando em voz baixa nos entendemos, eu de olhos cúmplices, ele com seu talismã. Assim me fascinavam outrora as feitiçarias da preta, na cozinha de picumã.

Na conspiração da madrugada, erra solitário – dissolve-se o bar – o poeta Quintana. Seu olhar devassa o nevoeiro, cada vez mais densa é a bruma de antanho.

Uma teia se tecendo, e sem trabalho de aranha. Falo de amigos que envelheceram ou que sumiram na semente de avelã.

Agora voamos sobre tetos, à garupa da bruxa estranha. Para iludir a fome, que não temos, pintamos uma romã.

E já os homens sem província, despetala-se a flor aldeã. O poeta aponta-me casas: a de Rimbaud, a de Blake, e a gruta camoniana.

As amadas do poeta, lá embaixo, na curva do rio, ordenam-se em lenta pavana, e uma a uma, gotas ácidas, desaparecem no poema. É há tantos anos, será ontem, foi amanhã? Signos criptográficos ficam gravados no céu eterno – ou na mesa de um bar abolido, enquanto, debruçado sobre o mármore, silenciosamente viaja o poeta Mário Quintana.

## ANIVERSÁRIO

Os cinco anos de tua morte
esculpiram já uma criança.
Moldada em éter, de tal sorte,
ela é fulva e no dia avança.

Este menino malasártico,
Macunaíma de novo porte,
escreve cartas no ar fantástico
para compensar tua morte.

Com todos os dentes, feliz,
lá de um mundo sem sul nem norte,
de teu inesgotável país,
ris. Alegria ou puro esporte?

Ris, irmão, assim cristalino
(Mozart aberto em pianoforte)
o redondo, claro, apolíneo
riso de quem conhece a morte.

Não adianta, vê, te prantearmos...
Tudo sabes, sem que isso importe
em cinismo, pena, sarcasmo.
E, deserto, ficas mais forte.

Giras na Ursa Maior, acaso,
solitário, em meio à coorte,
sem, nas pupilas, flor ou vaso.
Mas o jardim é teu, da morte.

Se de nosso nada possuímos
salvo o apaixonado transporte
– vida é paixão –, contigo rimos,
expectantes, em frente à Porta!

# IV. SELO DE MINAS

## EVOCAÇÃO MARIANA

A igreja era grande e pobre. Os altares, humildes.
Havia poucas flores. Eram flores de horta.
Sob a luz fraca, na sombra esculpida
(quais as imagens e quais os fiéis?)
ficávamos.

Do padre cansado o murmúrio de reza
subia às tábuas do forro,
batia no púlpito seco,
entranhava-se na onda, minúscula e forte, de incenso,
perdia-se.

Não, não se perdia...
Desatava-se do coro a música deliciosa
(que esperas ouvir à hora da morte, ou depois da morte, nas campinas
[do ar)
e dessa música surgiam meninas – a alvura mesma –
cantando.

De seu peso terrestre a nave libertada,
como do tempo atroz imunes nossas almas,
flutuávamos
no canto matinal, sobre a treva do vale.

## ESTAMPAS DE VILA RICA

*I. CARMO*

Não calques o jardim
nem assustes o pássaro.
Um e outro pertencem
aos mortos do Carmo.

Não bebas a esta fonte
nem toques nos altares.
Todas estas são prendas
dos mortos do Carmo.

Quer nos azulejos
ou no ouro da talha,
olha: o que está vivo
são mortos do Carmo.

*II. SÃO FRANCISCO DE ASSIS*

Senhor, não mereço isto.
Não creio em vós para vos amar.
Trouxestes-me a São Francisco
e me fazeis vosso escravo.

Não entrarei, Senhor, no templo,
seu frontispício me basta.

Vossas flores e querubins
são matéria de muito amar.

Dai-me, Senhor, a só beleza
destes ornatos. E não a alma.
Pressente-se dor de homem,
paralela à das cinco chagas.

Mas entro e, Senhor, me perco
na rósea nave triunfal.
Por que tanto baixar o céu?
Por que esta nova cilada?

Senhor, os púlpitos mudos
entretanto me sorriem.
Mais que vossa igreja, esta
sabe a voz de me embalar.

Perdão, Senhor, por não amar-vos.

*III. MERCÊS DE CIMA*

Pequena prostituta em frente a Mercês de Cima.
Dádiva de corpo na tarde cristã.
Anjos caídos da portada
e nenhum Aleijadinho para recolhê-los.

*IV. HOTEL TOFFOLO*

E vieram dizer-nos que não havia jantar.
Como se não houvesse outras fomes
e outros alimentos.

Como se a cidade não nos servisse o seu pão
de nuvens.

Não, hoteleiro, nosso repasto é interior,
e só pretendemos a mesa.
Comeríamos a mesa, se no-lo ordenassem as Escrituras.
Tudo se come, tudo se comunica,
tudo, no coração, é ceia.

## V. MUSEU DA INCONFIDÊNCIA

São palavras no chão
e memória nos autos.
As casas inda restam,
os amores, mais não.

E restam poucas roupas,
sobrepeliz de pároco,
a vara de um juiz,
anjos, púrpuras, ecos.

Macia flor de olvido,
sem aroma governas
o tempo ingovernável.
Muros pranteiam. Só.

Toda história é remorso.

## MORTE DAS CASAS DE OURO PRETO

Sobre o tempo, sobre a taipa,
a chuva escorre. As paredes
que viram morrer os homens,
que viram fugir o ouro,
que viram finar-se o reino,
que viram, reviram, viram,
já não veem. Também morrem.

Assim plantadas no outeiro,
menos rudes que orgulhosas
na sua pobreza branca,
azul e rosa e zarcão,
ai, pareciam eternas!
Não eram. E cai a chuva
sobre rótula e portão.

Vai-se a rótula crivando
como a renda consumida
de um vestido funerário.
E ruindo se vai a porta.
Só a chuva monorrítmica
sobre a noite, sobre a história
goteja. Morrem as casas.

Morrem, severas. É tempo
de fatigar-se a matéria

por muito servir ao homem,
e de o barro dissolver-se.
Nem parecia, na serra,
que as coisas sempre cambiam
de si, em si. Hoje, vão-se.

O chão começa a chamar
as formas estruturadas
faz tanto tempo. Convoca-as
a serem terra outra vez.
Que se incorporem as árvores
hoje vigas! Volte o pó
a ser pó pelas estradas!

A chuva desce, às canadas.
Como chove, como pinga
no país das remembranças!
Como bate, como fere,
como traspassa a medula,
como punge, como lanha
o fino dardo da chuva

mineira, sobre as colinas!
Minhas casas fustigadas,
minhas paredes zurzidas,
minhas esteiras de forro,
meus cachorros de beiral,
meus paços de telha-vã
estão úmidos e humildes.

Lá vão, enxurrada abaixo,
as velhas casas honradas
em que se amou e pariu,

em que se guardou moeda
e no frio se bebeu.
Vão no vento, na caliça,
no morcego, vão na geada,

enquanto se espalham outras
em polvorentas partículas,
sem as vermos fenecer.
Ai, como morrem as casas!
Como se deixam morrer!
E descascadas e secas,
ei-las sumindo-se no ar.

Sobre a cidade concentro
o olhar experimentado,
esse agudo olhar afiado
de quem é douto no assunto.
(Quantos perdi me ensinaram.)
Vejo a coisa pegajosa,
vai circunvoando na calma.

Não basta ver morte de homem
para conhecê-la bem.
Mil outras brotam em nós,
à nossa roda, no chão.
A morte baixou dos ermos,
gavião molhado. Seu bico
vai lavrando o paredão

e dissolvendo a cidade.
Sobre a ponte, sobre a pedra,
sobre a cambraia de Nize,

uma colcha de neblina
(já não é a chuva forte)
me conta por que mistério
o amor se banha na morte.

## CANTO NEGRO

À beira do negro poço
debruço-me, nada alcanço.
Decerto perdi os olhos
que tinha quando criança.

Decerto os perdi. Com eles
é que te encarava, preto,
gravura de cama e padre,
talhada em pele, no medo.

Ai, preto, que ris em mim,
nesta roupinha de luto
e nesta noite sem causa,
com saudade das ambacas
que nunca vi, e aonde fui
num cabelo de sovaco.

Preto que vivi, chupando
já não sei que seios moles
mais claros no busto preto
no longo corredor preto
entre volutas de preto
cachimbo em preta cozinha.

Já não sei onde te escondes
que não me encontro nas tuas

dobras de manto mortal.
Já não sei, negro, em que vaso,
que vão ou que labirinto
de mim, te esquivas a mim,
e zombas desta gelada
calma vã de suíça e de alma
em que me pranteio, branco,
brinco, bronco, triste blau
de neutro brasão escócio...
Meu preto, o bom era o nosso.

O mau era o nosso. E amávamos
a comum essência triste
que transmutava os carinhos
numa visguenta doçura
de vulva negro-amaranto,
barata! que vosso preço,
ó corpos de antigamente,
somente estava no dom
de vós mesmos ao desejo,
num entregar-se sem pejo
de terra pisada.
                    Amada,
talvez não, mas que cobiça
tu me despertavas, linha
que subindo pelo artelho,
enovelando-se no joelho,
dava ao mistério das coxas
uma ardente pulcritude,
uma graça, uma virtude
que nem sei como acabava
entre as moitas e coágulos
da letárgica bacia

onde a gente se pasmava,
se perdia, se afogava
e depois se ressarcia.

Bacia negra, o clarão
que súbito entremostravas
ilumina toda a vida
e por sobre a vida entreabre
um coalho fixo lunar,
neste amarelo descor
das posses de todo dia,
sol preto sobre água fria.

Vejo os garotos na escola,
preto-branco-branco-preto,
vejo pés pretos e uns brancos
dentes de marfim mordente,
o alvor do riso escondendo
outra negridão maior,
o negro central, o negro
que enegrece teu negrume
e que nada mais resume
além dessa solitude
que do branco vai ao preto
e do preto volta pleno
de soluços e resmungos,
como um rancor de si mesmo...

Como um rancor de si mesmo,
vem do preto essa ternura,
essa onda amarga, esse bafo
a rodar pelas calçadas,
famélica voz perdida

numa garrafa de breu,
de pranto ou coisa nenhuma;
esse estar e não estar,
esse não estar já sendo,
esse ir como esse refluir,
dançar de umbigo, litúrgico,
sofrer, brunir bem a roupa
que só um anjo vestira,
se é que os anjos se mirassem,
essa nostalgia rara
de um país antes dos outros,
antes do mito e do sol,
onde as coisas nem de brancas
fossem chamadas, lançando-se
definitivas eternas
coisas bem antes dos homens.

À beira do negro poço
debruço-me; e nele vejo,
agora que não sou moço,
um passarinho e um desejo.

## OS BENS E O SANGUE

*I*

Às duas horas da tarde deste nove de agosto de 1847
nesta fazenda do Tanque e em dez outras casas de rei, q não de valete,
em Itabira Ferros Guanhães Cocais Joanésia Capão
diante do estrume em q se movem nossos escravos, e da viração
perfumada dos cafezais q trança na palma dos coqueiros
fiéis servidores de nossa paisagem e de nossos fins primeiros,
deliberamos vender, como de fato vendemos, cedendo posse jus e
                                                            [domínio
e abrangendo desde os engenhos de secar areia até o ouro mais fino,
nossas lavras mto nossas por herança de nossos pais e sogros bem-
                                                            [-amados
q dormem na paz de Deus entre santas e santos martirizados.
Por isso neste papel azul Bath escrevemos com a nossa melhor letra
estes nomes q em qualquer tempo desafiarão tramoia trapaça e treta:

| | |
|---|---|
| *ESMERIL* | *PISSARRÃO* |
| *CANDONGA* | *CONCEIÇÃO* |

E tudo damos por vendido ao compadre e nosso amigo o snr
                                                [Raimundo Procópio
e a d. Maria Narcisa sua mulher, e o q não for vendido, por alborque
de nossa mão passará, e trocaremos lavras por matas,
lavras por títulos, lavras por mulas, lavras por mulatas e arriatas,
q trocar é nosso fraco e lucrar é nosso forte. Mas fique esclarecido:

somos levados menos por gosto do sempre negócio q no sentido
de nossa remota descendência ainda mal debuxada no longe dos
[serros.
De nossa mente lavamos o ouro como de nossa alma um dia os erros
se lavarão na pia da penitência. E filhos netos bisnetos
tataranetos despojados dos bens mais sólidos e rutilantes portanto
[os mais completos
irão tomando a pouco e pouco desapego de toda fortuna
e concentrando seu fervor numa riqueza só, abstrata e una.

*LAVRA DA PACIÊNCIA*

*LAVRINHA DE CUBAS*

*ITABIRUÇU*

*II*

Mais que todos deserdamos
deste nosso oblíquo modo
um menino inda não nado
(e melhor não fora nado)
que de nada lhe daremos
sua parte de nonada
e que nada, porém nada
o há de ter desenganado.

E nossa rica fazenda
já presto se desfazendo
vai-se em sal cristalizando
na porta de sua casa
ou até na ponta da asa
de seu nariz fino e frágil,
de sua alma fina e frágil,

*80*

de sua certeza frágil
frágil frágil frágil frágil

mas que por frágil é ágil,
e na sua mala-sorte
se rirá ele da morte.

*III*

Este figura em nosso
pensamento secreto.
Num magoado alvoroço
o queremos marcado
a nos negar; depois
de sua negação
nos buscará. Em tudo
será pelo contrário
seu fado extra-ordinário.
Vergonha da família
que de nobre se humilha
na sua malincônica
tristura meio cômica,
dulciamara nux-vômica.

*IV*

Este hemos por bem
reduzir à simples
condição ninguém.
Não lavrará campo.
Tirará sustento
de algum mel nojento.
Há de ser violento

sem ter movimento.
Sofrerá tormenta
no melhor momento.
Não se sujeitando
a um poder celeste
ei-lo senão quando
de nudez se veste,
roga à escuridão
abrir-se em clarão.
Este será tonto
e amará no vinho
um novo equilíbrio
e seu passo tíbio
sairá na cola
de nenhum caminho.

V

— Não judie com o menino,
   compadre.
— Não torça tanto o pepino,
   major.
— Assim vai crescer mofino,
   sinhô!

— Pedimos pelo menino porque pedir é nosso destino.
Pedimos pelo menino porque vamos acalentá-lo.
Pedimos pelo menino porque já se ouve planger o sino
do tombo que ele levar quando monte a cavalo.

— Vai cair do cavalo
de cabeça no valo.
Vai ter catapora

amarelão e gálico
vai errar o caminho
vai quebrar o pescoço
vai deitar-se no espinho
fazer tanta besteira
e dar tanto desgosto
que nem a vida inteira
dava para contar.
E vai muito chorar.
(A praga que te rogo
para teu bem será.)

VI

*Os urubus no telhado:*

E virá a companhia inglesa e por sua vez comprará tudo
e por sua vez perderá tudo e tudo volverá a nada
e secado o ouro escorrerá ferro, e secos morros de ferro
taparão o vale sinistro onde não mais haverá privilégios,
e se irão os últimos escravos, e virão os primeiros camaradas;
e a besta Belisa renderá os arrogantes corcéis da monarquia,
e a vaca Belisa dará leite no curral vazio para o menino doentio,
e o menino crescerá sombrio, e os antepassados no cemitério
se rirão se rirão porque os mortos não choram.

VII

Ó monstros lajos e andridos que me perseguis com vossas barganhas
sobre meu berço imaturo e de minhas minas me expulsais.
Os parentes que eu amo expiraram solteiros.
Os parentes que eu tenho não circulam em mim.
Meu sangue é dos que não negociaram, minha alma é dos pretos,

minha carne dos palhaços, minha fome das nuvens,
e não tenho outro amor a não ser o dos doidos.

Onde estás, capitão, onde estás, João Francisco,
do alto de tua serra eu te sinto sozinho
e sem filhos e netos interrompes a linha
que veio dar a mim neste chão esgotado.
Salva-me, capitão, de um passado voraz.
Livra-me, capitão, da conjura dos mortos.
Inclui-me entre os que não são, sendo filhos de ti.
E no fundo da mina, ó capitão, me esconde.

*VIII*

— Ó meu, ó nosso filho de cem anos depois,
que não sabes viver nem conheces os bois
pelos seus nomes tradicionais... nem suas cores
marcadas em padrões eternos desde o Egito.
Ó filho pobre, e descorçoado, e finito,
ó inapto para as cavalhadas e os trabalhos brutais
com a faca, o formão, o couro... Ó tal como quiséramos
para tristeza nossa e consumação das eras,
para o fim de tudo que foi grande!
                              Ó desejado,
ó poeta de uma poesia que se furta e se expande
à maneira de um lago de pez e resíduos letais...
És nosso fim natural e somos teu adubo,
tua explicação e tua mais singela virtude...
Pois carecia que um de nós nos recusasse
para melhor servir-nos. Face a face
te contemplamos, e é teu esse primeiro
e úmido beijo em nossa boca de barro e de sarro.

# V. OS LÁBIOS CERRADOS

## CONVÍVIO

Cada dia que passa incorporo mais esta verdade, de que eles não
                                        [vivem senão em nós
e por isso vivem tão pouco; tão intervalado; tão débil.
Fora de nós é que talvez deixaram de viver, para o que se chama
                                        [tempo.
E essa eternidade negativa não nos desola.
Pouco e mal que eles vivam, dentro de nós, é vida não obstante.
E já não enfrentamos a morte, de sempre trazê-la conosco.

Mas, como estão longe, ao mesmo tempo que nossos atuais habitantes
e nossos hóspedes e nossos tecidos e a circulação nossa!
A mais tênue forma exterior nos atinge.
O próximo existe. O pássaro existe.
E eles também existem, mas que oblíquos! e mesmo sorrindo, que
                                        [disfarçados...
Há que renunciar a toda procura.
Não os encontraríamos, ao encontrá-los.
Ter e não ter em nós um vaso sagrado,
um depósito, uma presença contínua,
esta é nossa condição, enquanto,
sem condição, transitamos
e julgamos amar
e calamo-nos.

Ou talvez existamos somente neles, que são omissos, e nossa
[existência,
apenas uma forma impura de silêncio, que preferiram.

## PERMANÊNCIA

Agora me lembra um, antes me lembrava outro.

Dia virá em que nenhum será lembrado.

Então no mesmo esquecimento se fundirão.
Mais uma vez a carne unida, e as bodas
cumprindo-se em si mesmas, como ontem e sempre.

Pois eterno é o amor que une e separa, e eterno o fim
(já começara, antes de ser), e somos eternos,
frágeis, nebulosos, tartamudos, frustrados: eternos.
E o esquecimento ainda é memória, e lagoas de sono
selam em seu negrume o que amamos e fomos um dia,
ou nunca fomos, e contudo arde em nós
à maneira da chama que dorme nos paus de lenha jogados no galpão.

## PERGUNTAS

Numa incerta hora fria
perguntei ao fantasma
que força nos prendia,
ele a mim, que presumo
estar livre de tudo,
eu a ele, gasoso,
todavia palpável
na sombra que projeta
sobre meu ser inteiro:
um ao outro, cativos
desse mesmo princípio
ou desse mesmo enigma
que distrai ou concentra
e renova e matiza,
prolongando-a no espaço,
uma angústia do tempo.

Perguntei-lhe em seguida
o segredo de nosso
convívio sem contato,
de estarmos ali quedos,
eu em face do espelho,
e o espelho devolvendo
uma diversa imagem,
mas sempre evocativa
do primeiro retrato

que compõe de si mesma
a alma predestinada
a um tipo de aventura
terrestre, cotidiana.

Perguntei-lhe depois
por que tanto insistia
nos mares mais exíguos
em distribuir navios
desse calado irreal,
sem rota ou pensamento
de atingir qualquer porto,
propícios a naufrágio
mais que a navegação;
nos frios alcantis
de meu serro natal,
desde muito derruído,
em acordar memórias
de vaqueiros e vozes,
magras reses, caminhos
onde a bosta de vaca
é único ornamento,
e o coqueiro-de-espinho
desolado se alteia.

Perguntei-lhe por fim
a razão sem razão
de me inclinar aflito
sobre restos de restos,
de onde nenhum alento
vem refrescar a febre
deste repensamento;
sobre esse chão de ruínas

imóveis, militares
na sua rigidez
que o orvalho matutino
já não banha ou conforta.

No voo que desfere,
silente e melancólico,
rumo da eternidade,
ele apenas responde
(se acaso é responder
a mistérios, somar-lhes
um mistério mais alto):

*Amar, depois de perder.*

## CARTA

Bem quisera escrevê-la
com palavras sabidas,
as mesmas, triviais,
embora estremecessem
a um toque de paixão.
Perfurando os obscuros
canais de argila e sombra,
ela iria contando
que vou bem, e amo sempre
e amo cada vez mais
a essa minha maneira
torcida e reticente,
e espero uma resposta,
mas que não tarde; e peço
um objeto minúsculo
só para dar prazer
a quem pode ofertá-lo;
diria ela do tempo
que faz do nosso lado;
as chuvas já secaram,
as crianças estudam,
uma última invenção
(inda não é perfeita)
faz ler nos corações,
mas todos esperamos
rever-nos bem depressa.

Muito depressa, não.
Vai-se tornando o tempo
estranhamente longo
à medida que encurta.
O que ontem disparava,
desbordado alazão,
hoje se paralisa
em esfinge de mármore,
e até o sono, o sono
que era grato e era absurdo
é um dormir acordado
numa planície grave.
Rápido é o sonho, apenas,
que se vai, de mandar
notícias amorosas
quando não há amor
a dar ou receber;
quando só há lembrança,
ainda menos, pó,
menos ainda, nada,
nada de nada em tudo,
em mim mais do que em tudo,
e não vale acordar
quem acaso repouse
na colina sem árvores.
Contudo, esta é uma carta.

## ENCONTRO

Meu pai perdi no tempo e ganho em sonho.
Se a noite me atribui poder de fuga,
sinto logo meu pai e nele ponho
o olhar, lendo-lhe a face, ruga a ruga.

Está morto, que importa? Inda madruga
e seu rosto, nem triste nem risonho,
é o rosto, antigo, o mesmo. E não enxuga
suor algum, na calma de meu sonho.

Ó meu pai arquiteto e fazendeiro!
Faz casas de silêncio, e suas roças
de cinza estão maduras, orvalhadas

por um rio que corre o tempo inteiro,
e corre além do tempo, enquanto as nossas
murcham num sopro fontes represadas.

## A MESA

E não gostavas de festa...
Ó velho, que festa grande
hoje te faria a gente.
E teus filhos que não bebem
e o que gosta de beber,
em torno da mesa larga,
largavam as tristes dietas,
esqueciam seus fricotes,
e tudo era farra honesta
acabando em confidência.
Ai, velho, ouvirias coisas
de arrepiar teus noventa.
E daí, não te assustávamos,
porque, com riso na boca,
e a nédia galinha, o vinho
português de boa pinta,
e mais o que alguém faria
de mil coisas naturais
e fartamente poria
em mil terrinas da China,
já logo te insinuávamos
que era tudo brincadeira.
Pois sim. Teu olho cansado,
mas afeito a ler no campo
uma lonjura de léguas,
e na lonjura uma rês

perdida no azul azul,
entrava-nos alma adentro
e via essa lama podre
e com pesar nos fitava
e com ira amaldiçoava
e com doçura perdoava
(perdoar é rito de pais,
quando não seja de amantes).
E, pois, todo nos perdoando,
por dentro te regalavas
de ter filhos assim... Puxa,
grandessíssimos safados,
me saíram bem melhor
que as encomendas. De resto,
filho de peixe... Calavas,
com agudo sobrecenho
interrogavas em ti
uma lembrança saudosa
e não de todo remota,
e rindo por dentro e vendo
que lançaras uma ponte
dos passos loucos do avô
à incontinência dos netos,
sabendo que toda carne
aspira à degradação,
mas numa via de fogo
e sob um arco sexual,
tossias. Hem, hem, meninos,
não sejam bobos. Meninos?
Uns marmanjos cinquentões,
calvos, vividos, usados,
mas resguardando no peito
essa alvura de garoto,

essa fuga para o mato,
essa gula defendida
e o desejo muito simples
de pedir à mãe que cosa,
mais do que nossa camisa,
nossa alma frouxa, rasgada...
Ai, grande jantar mineiro
que seria esse... Comíamos,
e comer abria fome,
e comida era pretexto.
E nem mesmo precisávamos
ter apetite, que as coisas
deixavam-se espostejar,
e amanhã é que eram elas.
Nunca desdenhe o tutu.
Vá lá mais um torresminho.
E quanto ao peru? Farofa
há de ser acompanhada
de uma boa cachacinha,
não desfazendo em cerveja,
essa grande camarada.
Ind'outro dia... Comer
guarda tamanha importância
que só o prato revele
o melhor, o mais humano
dos seres em sua treva?
Beber é pois tão sagrado
que só bebido meu mano
me desata seu queixume,
abrindo-me sua palma?
Sorver, papar: que comida
mais cheirosa, mais profunda
no seu tronco luso-árabe,

e que bebida mais santa
que a todos nos une em um
tal centímano glutão,
parlapatão e bonzão!
E nem falta a irmã que foi
mais cedo que os outros e era
rosa de nome e nascera
em dia tal como o de hoje
para enfeitar tua data.
Seu nome sabe a camélia,
e sendo uma rosa-amélia,
flor muito mais delicada
que qualquer das rosas-rosa,
viveu bem mais do que o nome,
porém no íntimo claustrava
a rosa esparsa. A teu lado,
vê: recobrou-se-lhe o viço.
Aqui sentou-se o mais velho.
Tipo do manso, do sonso,
não servia para padre,
amava casos bandalhos;
depois o tempo fez dele
o que faz de qualquer um;
e à medida que envelhece,
vai estranhamente sendo
retrato teu sem ser tu,
de sorte que se o diviso
de repente, sem anúncio,
és tu que me reapareces
noutro velho de sessenta.
Este outro aqui é doutor,
o bacharel da família,
mas suas letras mais doutas

são as escritas no sangue,
ou sobre a casca das árvores.
Sabe o nome da florzinha
e não esquece o da fruta
mais rara que se prepara
num casamento genético.
Mora nele a nostalgia,
citadino, do ar agreste,
e, camponês, do letrado.
Então vira patriarca.
Mais adiante vês aquele
que de ti herdou a dura
vontade, o duro estoicismo.
Mas, não quis te repetir.
Achou não valer a pena
reproduzir sobre a terra
o que a terra engolirá.
Amou. E ama. E amará.
Só não quer que seu amor
seja uma prisão de dois,
um contrato, entre bocejos
e quatro pés de chinelo.
Feroz a um breve contato,
à segunda vista, seco,
à terceira vista, lhano,
dir-se-ia que ele tem medo
de ser, fatalmente, humano.
Dir-se-ia que ele tem raiva,
mas que mel transcende a raiva,
e que sábios, ardilosos
recursos de se enganar
quanto a si mesmo: exercita
uma força que não sabe

chamar-se, apenas, bondade.
Esta calou-se. Não quis
manter com palavras novas
o colóquio subterrâneo
que num sussurro percorre
a gente mais desatada.
Calou-se, não te aborreças.
Se tanto assim a querias,
algo nela inda te quer,
à maneira atravessada
que é própria de nosso jeito.
(Não ser feliz tudo explica.)
Bem sei como são penosos
esses lances de família,
e discutir neste instante
seria matar a festa,
matando-te – não se morre
uma só vez, nem de vez.
Restam sempre muitas vidas
para serem consumidas
na razão dos desencontros
de nosso sangue nos corpos
por onde vai dividido.
Ficam sempre muitas mortes
para serem longamente
reencarnadas noutro morto.
Mas estamos todos vivos.
E mais que vivos, alegres.
Estamos todos como éramos
antes de ser, e ninguém
dirá que ficou faltando
algum dos teus. Por exemplo:
ali ao canto da mesa,

não por humilde, talvez
por ser o rei dos vaidosos
e se pelar por incômodas
posições de tipo *gauche*,
ali me vês tu. Que tal?
Fica tranquilo: trabalho.
Afinal, a boa vida
ficou apenas: a vida
(e nem era assim tão boa
e nem se fez muito má).
Pois ele sou eu. Repara:
tenho todos os defeitos
que não farejei em ti,
e nem os tenho que tinhas,
quanto mais as qualidades.
Não importa: sou teu filho
com ser uma negativa
maneira de te afirmar.
Lá que brigamos, brigamos
opa! que não foi brinquedo,
mas os caminhos do amor,
só amor sabe trilhá-los.
Tão ralo prazer te dei,
nenhum, talvez... ou senão,
esperança de prazer,
é, pode ser que te desse
a neutra satisfação
de alguém sentir que seu filho,
de tão inútil, seria
sequer um sujeito ruim.
Não sou um sujeito ruim.
Descansa, se o suspeitavas,
mas não sou lá essas coisas.

Alguns afetos recortam
o meu coração chateado.
Se me chateio? demais.
Esse é meu mal. Não herdei
de ti essa balda. Bem,
não me olhes tão longo tempo,
que há muitos a ver ainda.
Há oito. E todos minúsculos,
todos frustrados. Que flora
mais triste fomos achar
para ornamento de mesa!
Qual nada. De tão remotos,
de tão puros e esquecidos
no chão que suga e transforma,
são anjos. Que luminosos!
Que raios de amor radiam,
e em meio a vagos cristais
o cristal deles retine,
reverbera a própria sombra.
São anjos que se dignaram
participar do banquete,
alisar o tamborete,
viver vida de menino.
São anjos; e mal sabias
que um mortal devolve a Deus
algo de sua divina
substância aérea e sensível,
se tem um filho e se o perde.
Conta: quatorze na mesa.
Ou trinta? serão cinquenta,
que sei? se chegam mais outros,
uma carne cada dia
multiplicada, cruzada

a outras carnes de amor.
São cinquenta pecadores,
se pecado é ter nascido
e provar, entre pecados,
os que nos foram legados.
A procissão de teus netos,
alongando-se em bisnetos,
veio pedir tua bênção
e comer de teu jantar.
Repara um pouquinho nesta,
no queixo, no olhar, no gesto,
e na consciência profunda
e na graça menineira,
e dize, depois de tudo,
se não é, entre meus erros,
uma imprevista verdade.
Esta é minha explicação,
meu verso melhor ou único,
meu tudo enchendo meu nada.
Agora a mesa repleta
está maior do que a casa.
Falamos de boca cheia,
xingamo-nos mutuamente,
rimos, ai, de arrebentar,
esquecemos o respeito
terrível, inibidor,
e toda a alegria nossa,
ressecada em tantos negros
bródios comemorativos
(não convém lembrar agora),
os gestos acumulados
de efusão fraterna, atados
(não convém lembrar agora),

as fina-e-meigas palavras
que ditas naquele tempo
teriam mudado a vida
(não convém mudar agora),
vem tudo à mesa e se espalha
qual inédita vitualha.
Oh que ceia mais celeste
e que gozo mais do chão!
Quem preparou? que inconteste
vocação de sacrifício
pôs a mesa, teve os filhos?
quem se apagou? quem pagou
a pena deste trabalho?
quem foi a mão invisível
que traçou este arabesco
de flor em torno ao pudim,
como se traça uma auréola?
quem tem auréola? quem não
a tem, pois que, sendo de ouro,
cuida logo em reparti-la,
e se pensa melhor faz?
quem senta do lado esquerdo,
assim curvada? que branca,
mas que branca mais que branca
tarja de cabelos brancos
retira a cor das laranjas,
anula o pó do café,
cassa o brilho aos serafins?
quem é toda luz e é branca?
Decerto não pressentias
como o branco pode ser
uma tinta mais diversa
da mesma brancura... Alvura

elaborada na ausência
de ti, mas ficou perfeita,
concreta, fria, lunar.
Como pode nossa festa
ser de um só que não de dois?
Os dois ora estais reunidos
numa aliança bem maior
que o simples elo da terra.
Estais juntos nesta mesa
de madeira mais de lei
que qualquer lei da república.
Estais acima de nós,
acima deste jantar
para o qual vos convocamos
por muito – enfim – vos querermos
e, amando, nos iludirmos
junto da mesa

vazia.

# VI. A MÁQUINA DO MUNDO

# A MÁQUINA DO MUNDO

E como eu palmilhasse vagamente
uma estrada de Minas, pedregosa,
e no fecho da tarde um sino rouco

se misturasse ao som de meus sapatos
que era pausado e seco; e aves pairassem
no céu de chumbo, e suas formas pretas

lentamente se fossem diluindo
na escuridão maior, vinda dos montes
e de meu próprio ser desenganado,

a máquina do mundo se entreabriu
para quem de a romper já se esquivava
e só de o ter pensado se carpia.

Abriu-se majestosa e circunspecta,
sem emitir um som que fosse impuro
nem um clarão maior que o tolerável

pelas pupilas gastas na inspeção
contínua e dolorosa do deserto,
e pela mente exausta de mentar

toda uma realidade que transcende
a própria imagem sua debuxada
no rosto do mistério, nos abismos.

Abriu-se em calma pura, e convidando
quantos sentidos e intuições restavam
a quem de os ter usado os já perdera

e nem desejaria recobrá-los,
se em vão e para sempre repetimos
os mesmos sem roteiro tristes périplos,

convidando-os a todos, em coorte,
a se aplicarem sobre o pasto inédito
da natureza mítica das coisas,

assim me disse, embora voz alguma
ou sopro ou eco ou simples percussão
atestasse que alguém, sobre a montanha,

a outro alguém, noturno e miserável,
em colóquio se estava dirigindo:
"O que procuraste em ti ou fora de

teu ser restrito e nunca se mostrou,
mesmo afetando dar-se ou se rendendo,
e a cada instante mais se retraindo,

olha, repara, ausculta: essa riqueza
sobrante a toda pérola, essa ciência
sublime e formidável, mas hermética,

essa total explicação da vida,
esse nexo primeiro e singular
que nem concebes mais, pois tão esquivo

se revelou ante a pesquisa ardente
em que te consumiste... vê, contempla,
abre teu peito para agasalhá-lo."

As mais soberbas pontes e edifícios,
o que nas oficinas se elabora,
o que pensado foi e logo atinge

distância superior ao pensamento,
os recursos da terra dominados,
e as paixões e os impulsos e os tormentos

e tudo que define o ser terrestre
ou se prolonga até nos animais
e chega às plantas para se embeber

no sono rancoroso dos minérios,
dá volta ao mundo e torna a se engolfar
na estranha ordem geométrica de tudo,

e o absurdo original e seus enigmas,
suas verdades altas mais que tantos
monumentos erguidos à verdade;

e a memória dos deuses, e o solene
sentimento de morte, que floresce
no caule da existência mais gloriosa,

tudo se apresentou nesse relance
e me chamou para seu reino augusto,
afinal submetido à vista humana.

Mas, como eu relutasse em responder
a tal apelo assim maravilhoso,
pois a fé se abrandara, e mesmo o anseio,

a esperança mais mínima – esse anelo
de ver desvanecida a treva espessa
que entre os raios do sol inda se filtra;

como defuntas crenças convocadas
presto e fremente não se produzissem
a de novo tingir a neutra face

que vou pelos caminhos demonstrando,
e como se outro ser, não mais aquele
habitante de mim há tantos anos,

passasse a comandar minha vontade
que, já de si volúvel, se cerrava
semelhante a essas flores reticentes

em si mesmas abertas e fechadas;
como se um dom tardio já não fora
apetecível, antes despiciendo,

baixei os olhos, incurioso, lasso,
desdenhando colher a coisa oferta
que se abria gratuita a meu engenho.

A treva mais estrita já pousara
sobre a estrada de Minas, pedregosa,
e a máquina do mundo, repelida,

se foi miudamente recompondo,
enquanto eu, avaliando o que perdera,
seguia vagaroso, de mãos pensas.

## RELÓGIO DO ROSÁRIO

Era tão claro o dia, mas a treva,
do som baixando, em seu baixar me leva

pelo âmago de tudo, e no mais fundo
decifro o choro pânico do mundo,

que se entrelaça no meu próprio choro,
e compomos os dois um vasto coro.

Oh dor individual, afrodisíaco
selo gravado em plano dionisíaco,

a desdobrar-se, tal um fogo incerto,
em qualquer um mostrando o ser deserto,

dor primeira e geral, esparramada,
nutrindo-se do sal do próprio nada,

convertendo-se, turva e minuciosa,
em mil pequena dor, qual mais raivosa,

prelibando o momento bom de doer,
a invocá-lo, se custa a aparecer,

dor de tudo e de todos, dor sem nome,
ativa mesmo se a memória some,

dor do rei e da roca, dor da cousa
indistinta e universa, onde repousa

tão habitual e rica de pungência
como um fruto maduro, uma vivência,

dor dos bichos, oclusa nos focinhos,
nas caudas titilantes, nos arminhos,

dor do espaço e do caos e das esferas,
do tempo que há de vir, das velhas eras!

Não é pois todo amor alvo divino,
e mais aguda seta que o destino?

Não é motor de tudo e nossa única
fonte de luz, na luz de sua túnica?

O amor elide a face... Ele murmura
algo que foge, e é brisa e fala impura.

O amor não nos explica. E nada basta,
nada é de natureza assim tão casta

que não macule ou perca sua essência
ao contato furioso da existência.

Nem existir é mais que um exercício
de pesquisar de vida um vago indício,

a provar a nós mesmos que, vivendo,
estamos para doer, estamos doendo.

*114*

Mas, na dourada Praça do Rosário,
foi-se, no som, a sombra. O columbário

já cinza se concentra, pó de tumbas,
já se permite azul, risco de pombas.

**POSFÁCIO**
**A ALMA E A LAMA**
POR MIA COUTO

Carlos Drummond de Andrade acreditava na inspiração. Para ele, a poesia iluminava o mistério. Mais do que isso, a palavra era a luz dentro do enigma. Não se tratava de decifrar o enigma, mas de ser esclarecido pelo abismo. O poema não resolve. Ele apenas supera essa falsa dualidade. Nos primeiros livros, Drummond encenava um confronto entre o mundo e a pessoa. Neste livro, essa batalha é assumida como um assunto equivocado. As fronteiras que separam a realidade e o humano são fluidas e movediças. No final das contas, o homem veste-se com a pele do mundo e o mundo só existe aos olhos do humano. O ferro de Itabira entranhou-se para sempre no chão das almas.

A aceitação dessa essencial ambiguidade vem de longe. Há mais de quatrocentos anos, um poeta lusitano chamado Sá de Miranda deixou escritos os seguintes versos:

Não vejo o rosto a ninguém;
cuidais que são, e não são;
homens, que não vão, nem vêm,
parece que avante vão.
Entre o doente e o são
mente cada hora a espia;
na meta do meio-dia
andais entre o lobo e o cão.

Drummond foi beber nesses versos. Os primeiros dezoito poemas deste livro compõem uma seção chamada "Entre lobo e cão". Estas duas criaturas não são apenas entidades biológicas próximas: são constelações do hemisfério sul. É preciso que faça escuro para que antigos marcos de navegação se tornem visíveis. Podem estes caminhos parecer distantes, mas eles são vitais para um fazendeiro do ar que sente, como diz o poeta, que todas as guerras acontecem no seu sono.

Não é apenas com o poeta Sá de Miranda que Drummond vai conversar durante as páginas deste *Claro enigma*. Ele convoca Camões, Pessoa, Dante. O assunto é sempre o mistério da condição humana perante um mundo mecanizado que tomou conta do nosso cotidiano. Não lhe interessa tanto o que sucede no universo. Os acontecimentos são desde logo desqualificados pela epigrafe de Paul Valéry que abre o livro: "Os acontecimentos causam-me tédio."

Na verdade, não é nos acontecimentos que a vida sucede. Talvez por isso Carlos Drummond de Andrade tenha acontecido na vida cotidiana sempre de raspão, gravitando entre fortuitas identidades: um quase farmacêutico que sabia que as grandes doenças pedem outros fármacos, um quase funcionário público que sonhou ser anarquista. Na poesia, sim, ele foi inteiro. O poema tornou-se a prece deste mineiro ateu. Por via da palavra poética, ele rezou aos espíritos de Minas Gerais, pedindo-lhes que lançassem o "teu claro raio ordenador" para que dentro de si se guardasse "ao menos a metade / do que fui de nascença". Nascido entre igrejas e o ressoar dos sinos, criado em colégios religiosos, o agnóstico Drummond estava avisado: mendiga-se pouco aos deuses porque, do outro lado da página, eles só nos escutam quando os inventamos.

Diz-se que os mistérios são densos e os enigmas se alimentam do escuro. *Claro enigma* vai-se tecendo na direção contrária, como se o exercício de decifração reclamasse uma nuvem escura, um transitório apagamento do que temos como certeza. O poeta confessa: ele quer escrever um soneto "escuro" e "duro". E declara "aceito a noite" no poema que abre o livro. Dessa noite irá brotar "uma ordem outra de seres / e coisas não figuradas". A estratégia é óbvia: o poeta usa o fogo para apagar o incêndio. Ele segue por um caminho pedregoso que "tantos pisam este chão que ele talvez / um dia se humanize".

O chão de ferro de Itabira, cujo nome completo é Itabira do Mato Dentro, deixou de ser um chão nos inícios do século XX. Nessa altura, como tão bem sublinha José Miguel Wisnik, já o "mundo" tomava posse desse solo que se repartia dentro e fora da alma dos itabiranos. As grandes empresas mineradoras começam a desfigurar a paisagem e a transferir, de forma traumática, uma cidadezinha que é do *Mato Dentro* para um mapa onde não se prevê nem mato nem dentro. A resposta do sonho parece pouca para tanto desencanto.

Deslocado da sua cidade, da sua família, da sua adolescência, Drummond inventa uma outra pátria onde ressoam as vozes e os sinos da sua pequena cidade. Não lhe basta tecer um *sentimento do mundo*. Ele precisa ser um mundo que não se esgota numa única e empobrecida versão. Os universos plurais que o habitam nascem da constante travessia para além das suas próprias margens, por entre as constelações do lobo e do cão, sobre caminhos no meio dos quais haverá sempre uma pedra.

O método da errância ontológica é celebrado por Drummond nos versos que dedica a João Guimarães Rosa, nesse belo poema que tem por título "Um chamado João", no qual o poeta de Itabira exalta o "exílio da linguagem comum" e a arte de "disfarçar, para farçar / o que não ousamos compreender". Esses versos não falam apenas da prosa de Rosa. Eles constituem uma chave para a compreensão da obra poética de Drummond e, em particular, deste seu sétimo livro, *Claro enigma*. Se o disfarce oculta, o *farçar* (essa palavra inventada pelo autor) revela. Essa revelação está para além do domínio da razão. Ela pede uma nova intimidade com o mundo, um outro parentesco com a humanidade.

*121*

A poesia salva a família e a infância de serem apenas uma fotografia pendurada numa parede. Nesse antigo retrato, mora a "conversa de fantasmas" a que o poeta alude quando da morte de Ana Cristina Cesar: uma ausência sem falta, uma ausência que nem vida nem morte podem roubar. Deste modo, não tem que haver saudade nem regresso: as casas brotam nos versos para ali ganharem eternidade. E agora, com a persistência das chuvas mineiras, as casas regressam ao barro, obedecendo ao apelo de um chão que é mais de ferro do que terra.

As cidades não morrem: deixam-se morrer. Porque sabem que há, nessa morte, um fingimento de fim. A paisagem emigra da geografia para a linguagem. Entre alma e lama, a palavra resgata a luz e o escuro que tecem este *Claro enigma*.

Maputo, janeiro de 2022

# CRONOLOGIA

## NA ÉPOCA DO LANÇAMENTO
## (1948-1954)

# 1948

**CDA:**

– Publica a antologia *Poesia até agora,* pela Livraria José Olympio Editora. A coletânea inclui alguns inéditos, reunidos sob o nome de "Novos poemas".

– Com o pseudônimo Policarpo Quaresma, mantém a seção "Através dos livros" no suplemento Letras e Artes do jornal *A Manhã,* do Rio de Janeiro.

– Colabora no semanário *Política e Letras,* sediado no Rio de Janeiro e dirigido por Odylo Costa Filho, jornalista que havia se destacado na oposição ao Estado Novo.

– Sua mãe deixa o hospital São Lucas, em março, e retorna a Itabira, onde falece, em 29 de dezembro. Enquanto Drummond acompanha o funeral, a composição "Poema de Itabira", de Villa-Lobos, feita a partir de seu poema "Viagem na família", é executada no Theatro Municipal do Rio de Janeiro. Sobre a mãe, Drummond escreveu: "A falta que me fazes não é tanto / à hora de dormir, quando dizias / 'Deus te abençoe', e a noite abria em sonho. // É quando, ao despertar,

*125*

revejo a um canto / a noite acumulada de meus dias, / e sinto que estou vivo, e que não sonho" (do poema "Carta", em *Lição de coisas*).

**Literatura brasileira:**

– Mário Quintana publica o livro de poemas *Sapato florido*.
– Manuel Bandeira publica os livros de poemas *Belo belo* e *Mafuá do malungo*.

**Vida nacional:**

– Parlamentares eleitos pelo Partido Comunista Brasileiro, entre eles Jorge Amado, perdem seus mandatos, pois o PCB fora declarado ilegal no ano anterior.
– Fundação da Sociedade Brasileira para o Progresso da Ciência (SBPC).
– Campanha "O Petróleo é Nosso" estimula o sentimento nacionalista.
– Criação do Teatro Brasileiro de Comédia (TBC), em São Paulo.

**Mundo:**

– Assassinato de Mahatma Gandhi após a independência da Índia, ocorrida no ano anterior.
– Corte Suprema dos Estados Unidos proclama a igualdade entre brancos e negros.
– Divisão da Coreia em dois países: Coreia do Sul, apoiada pelos Estados Unidos, e Coreia do Norte, apoiada pela União Soviética. É o início da Guerra Fria.
– Criação da Organização Mundial da Saúde (OMS).
– Criação da Organização dos Estados Americanos (OEA).
– Início do conflito árabe-israelense, após a criação do Estado de Israel.

– Mao Tsé-tung rompe a Muralha da China e avança em direção a Nanjing e Shanghai.

– Harry S. Truman é eleito presidente dos Estados Unidos.

– Invenção do primeiro relógio atômico, desenvolvido pelo Instituto Nacional de Padrões e Tecnologia, nos Estados Unidos.

– Promulgada pela ONU a Declaração Universal dos Direitos Humanos.

– Manuel Arturo Odría Amoretti lidera golpe militar e instaura uma ditadura no Peru. Fica no poder até 1956.

## 1949

**CDA:**

– Retoma a colaboração no jornal *Minas Gerais*.

– Luís Jardim ilustra e edita à mão um exemplar único do poema "A máquina do mundo".

– Casamento de sua filha Maria Julieta com o escritor e advogado argentino Manuel Graña Etcheverry. O casal fixa residência em Buenos Aires, onde ela, por 34 anos, desenvolveria um intenso trabalho de divulgação da cultura brasileira.

– Início de correspondência com sua única filha e grande amiga de toda a vida. A troca de cartas era semanal e se estenderia até 1983, quando Maria Julieta volta a morar no Brasil.

– Participa da eleição da nova diretoria da Associação Brasileira de Escritores (ABDE), no Rio de Janeiro, da qual sai vitorioso Afonso Arinos de Melo Franco. Em seguida, desliga-se da ABDE, junto com outros amigos, devido a discordâncias políticas. A ABDE viria a ser sucedida pela atual União Brasileira de Escritores (UBE), com sede em São Paulo.

**Literatura brasileira:**

– Cecília Meireles publica o livro de poemas *Retrato natural*.
– Jorge de Lima publica *Livro de sonetos*.
– Clarice Lispector publica o romance *A cidade sitiada*.

**Vida nacional:**

– Criação da Escola Superior de Guerra (ESG), instituto de altos estudos subordinado ao Estado-Maior das Forças Armadas.
– Inauguração do Museu de Arte Moderna, em São Paulo.
– Criação da Companhia Cinematográfica Vera Cruz, em São Paulo.
– Getúlio Vargas se lança candidato a presidente da República pelo Partido Trabalhista Brasileiro (PTB).

**Mundo:**

– Criação da Organização do Tratado do Atlântico Norte (OTAN).
– Proclamação da República da Irlanda.
– Papa Pio XII excomunga os comunistas.
– Divisão da Alemanha em dois países: República Federal Alemã (ocidental) e República Democrática Alemã (oriental).
– Proclamação da República Popular da China, com Mao Tsé-tung no poder.
– ONU aprova a internacionalização de Jerusalém.

# 1950

**CDA:**

– Viaja a Buenos Aires para acompanhar o nascimento de Carlos Manuel, seu primeiro neto. Sobre ele, Drummond escreveria: "Se tivesse mais de dois anos, chamá-lo-ia de mentiroso. No seu verdor, é apenas um ser a quem a imaginação comanda, e que, com isso, dispõe de todos os filtros da poesia" (da crônica "Netinho", em *Fala, amendoeira*).

**Literatura brasileira:**

– Mário Quintana publica o livro de poemas *O aprendiz de feiticeiro*.
– Jorge de Lima publica sua obra-prima, o poema dividido em dez cantos *Invenção de Orfeu*.
– João Cabral de Melo Neto publica *O cão sem plumas*.

**Vida nacional:**

– Brasil perde a final da Copa do Mundo para o Uruguai, em pleno Maracanã, diante de aproximadamente 200 mil torcedores. O episódio ficou conhecido como "Maracanaço".
– Brasil entra na era da televisão, com a inauguração da TV Tupi, em São Paulo, a primeira da América Latina.
– Getúlio Vargas volta ao poder, desta vez pelo voto popular.

**Mundo:**

– O governo comunista chinês confisca os grandes latifúndios e requisita as terras das ordens religiosas.
– Início da Guerra da Coreia, com a invasão da Coreia do Sul, capitalista, pelos norte-coreanos, que contavam com o apoio militar das duas maiores forças comunistas do mundo, a China e a União Soviética.
– O ditador Anastasio Somoza García assume novamente a presidência da Nicarágua.
– O piloto argentino Juan Manuel Fangio vence o Grande Prêmio de Pau, na França, a primeira corrida de Fórmula 1 da história.

# 1951

**CDA:**

– Publica *Claro enigma,* pela Livraria José Olympio Editora.

– Publica *Contos de aprendiz,* pela Livraria José Olympio Editora.

– Publicado na Espanha o livro *Poemas,* com seleção, tradução e introdução de Rafael Santos Torroella, pela Ediciones Rialp, de Madri.

– Publica *A mesa,* com ilustrações de Eduardo Sued, pela Editora Hipocampo.

**Vida nacional:**

– Lei redefine o Polígono das Secas, área no Nordeste com cerca de 950 mil km$^2$.

– O jornal *Última Hora* é fundado por Samuel Wainer, no Rio de Janeiro.

– Com a Lei Afonso Arinos, o racismo passa a ser considerado uma contravenção.

– Realização do Primeiro Congresso da Federação das Mulheres, em São Paulo.

– Inauguração da Via Dutra, entre Rio de Janeiro e São Paulo.

– Maria Clara Machado funda, no Rio de Janeiro, o teatro O Tablado.

**Mundo:**

– Estados Unidos e Irã rompem relações diplomáticas.

– Assinado Tratado de Paz com o Japão, por 49 nações, em São Francisco, EUA.

– O peronismo se consolida na Argentina, com a reeleição de Juan Domingo Perón. Pela primeira vez no país as mulheres puderam exercer o direito ao voto, conquistado formalmente em 1947. O projeto de lei que estabeleceu o voto feminino teve como relator o então deputado Manuel Graña Etcheverry, que viria a ser genro de Drummond.

– Proclamação da independência da Líbia.

– A energia nuclear é usada pela primeira vez para a geração de eletricidade no abastecimento doméstico, em Idaho, EUA.

– Criação da Internacional Socialista, por 33 países, em Frankfurt.

## 1952

**CDA:**

– Publica *Passeios na ilha: divagações sobre a vida literária e outras matérias*, pela Editora Organização Simões.

– Publica a coletânea de poesia *Viola de bolso*, pelo Serviço de Documentação do Ministério da Educação.

– Falece, em 27 de setembro, seu irmão Flaviano, em Itabira.

– Publica lista dos "10 grandes romances da história da literatura": 1) *As ligações perigosas*, de Choderlos de Laclos; 2) *A cartuxa de Parma*, de Stendhal; 3) *A educação sentimental*, de Gustave Flaubert; 4) *Em busca do tempo perdido*, de Marcel Proust; 5) *Os moedeiros falsos*, de André Gide; 6) *David Copperfield*, de Charles Dickens; 7) *Tom Jones*, de Henry Fielding; 8) *Ulisses*, de James Joyce; 9) *Guerra e paz*, de Liev Tolstoi; 10) *Dom Quixote*, de Miguel de Cervantes (em *Os sapatos de Orfeu*, de José Maria Cançado).

**Literatura brasileira:**

– Manuel Bandeira publica o livro de poemas *Opus 10*.

– Clarice Lispector publica *Alguns contos*.

**Vida nacional:**

– Lançamento da revista *Manchete*, pela Editora Bloch.

– Criação da Conferência Nacional dos Bispos do Brasil (CNBB).

– Brasil chora a morte do cantor Francisco Alves, o "Rei da Voz".
– Criação do Instituto Brasileiro do Café (IBC) e do Banco Nacional de Desenvolvimento Econômico (BNDE).

**Mundo:**

– A Alemanha Ocidental recebe exilados vindos da Alemanha Oriental.
– O ditador Fulgencio Batista toma o poder em Cuba, após um golpe de Estado. Será deposto em 1959, quando é derrubado pela Revolução Cubana.
– O general Dwight D. Eisenhower é eleito presidente dos Estados Unidos.
– Charles Chaplin lança o filme *Luzes da ribalta*.
– Falece María Eva Duarte de Perón, primeira-dama da Argentina, em 26 de julho.
– É composta a canção "(We're Gonna) Rock Around The Clock", por Max C. Freedman e Jimmy De Knight (pseudônimo de James E. Myers). Em 1955, gravada por Bill Haley & His Comets, ela será a primeira no gênero rock and roll a alcançar o número um nas paradas de sucesso.

## 1953

**CDA:**

– Viaja com a esposa Dolores a Buenos Aires, para acompanhar o nascimento do segundo neto, a quem dedica o poema "A Luis Mauricio, infante", incluído no livro *Fazendeiro do ar*: "Acorda, Luis Mauricio. Vou te mostrar o mundo, / se é que não preferes vê-lo de teu reino profundo."

– Publicação do livro *Dos poemas*, em Buenos Aires, traduzido para o espanhol por seu genro, Manuel Graña Etcheverry, e publicado pela Ediciones Botella al Mar.

– Demite-se do cargo de redator do jornal *Minas Gerais* e ingressa como funcionário na Diretoria do Patrimônio Histórico e Artístico Nacional (DPHAN).

**Literatura brasileira:**

– Cecília Meireles publica *O romanceiro da Inconfidência* e *Poemas escritos na Índia*.
– É publicado postumamente *Memórias do cárcere*, de Graciliano Ramos.

**Vida nacional:**

– A empresa alemã Volkswagen instala montadora de automóveis em São Paulo.
– Greve geral em São Paulo, com a adesão de 300 mil trabalhadores.
– Getúlio Vargas promove ampla reforma ministerial: Tancredo Neves assume o Ministério da Justiça; Osvaldo Aranha, o Ministério da Fazenda; e João Goulart, o Ministério do Trabalho.
– Desmembramento, em duas pastas, do antigo Ministério da Educação e Saúde.
– Inauguração da TV Record, em São Paulo.
– Criação da empresa Petróleo Brasileiro, a Petrobras.
– Falece Graciliano Ramos, em 20 de março.
– Falece Jorge de Lima, em 15 de novembro.

**Mundo:**

– Chega ao fim a Guerra da Coreia. É mantida a divisão do país em Coreia do Norte (comunista) e Coreia do Sul (capitalista).
– Avançam as negociações para a criação da Comunidade Econômica Europeia, que ocorreria oficialmente em 1957.

– Coroação da Rainha Elizabeth II na Inglaterra.

– Criada a vacina contra a poliomielite pelo americano Jonas Edward Salk.

## 1954

**CDA:**

– Publica, pela José Olympio, *Fazendeiro do ar & Poesia até agora,* que conjuga um livro inédito com a coletânea lançada em 1948.

– Traduz o livro *Les paysans,* de Balzac, com o título *Os camponeses,* publicado pela Editora Globo.

– Veiculação de oito entrevistas radiofônicas concedidas à jornalista Lya Cavalcanti, pela PRA-2, a Rádio Ministério da Educação e Cultura. Esta série de entrevistas, intitulada "Quase memórias", foi convertida em livro por Drummond e publicada em 1986, pela Editora Record, com o título *Tempo vida poesia.*

– A convite do crítico literário Álvaro Lins, inicia a publicação da série de crônicas "Imagens", no jornal carioca *Correio da Manhã,* mantida até 1969.

**Literatura brasileira:**

– Murilo Mendes publica o livro de poemas *Contemplação de Ouro Preto.*

– Vinicius de Moraes publica *Antologia poética.*

– Manuel Bandeira publica seu livro de memórias literárias *Itinerário de Pasárgada.*

– Lygia Fagundes Telles publica *Ciranda de pedra,* seu primeiro romance.

*134*

– Jorge Amado começa a publicar sua trilogia romanesca intitulada *Os subterrâneos da liberdade*, sobre a vida política e social durante o primeiro período de Getúlio Vargas no poder.

**Vida nacional:**

– São Paulo comemora o seu quarto centenário e inaugura o parque do Ibirapuera, a catedral da Sé e o monumento às Bandeiras.
– Mergulhado em grave crise política, o governo federal eleva o salário mínimo em 100%.
– Getúlio Vargas comete suicídio.
– Falece o escritor Oswald de Andrade, em 22 de outubro.

**Mundo:**

– Corte Suprema dos Estados Unidos condena a segregação racial.
– Fim da Guerra da Indochina e divisão do Vietnã em dois países: Vietnã do Norte, com a capital em Hanói, e Vietnã do Sul, com a capital em Saigon.
– A empresa IBM lança, nos Estados Unidos, uma calculadora eletrônica que viria a ser considerada precursora dos computadores digitais, a IBM 650. Seu aluguel mensal custava 25 mil dólares.
– Alfredo Stroessner dá um golpe de Estado e assume o governo do Paraguai. Ficaria no poder por 35 anos.

# BIBLIOGRAFIA DE
# CARLOS DRUMMOND DE ANDRADE

POESIA:

*Alguma poesia*. Belo Horizonte: Edições Pindorama, 1930.

*Brejo das almas*. Belo Horizonte: Os Amigos do Livro, 1934.

*Sentimento do mundo*. Rio de Janeiro: Pongetti, 1940.

*Poesias*. Rio de Janeiro: José Olympio, 1942. [*Alguma poesia, Brejo das almas, Sentimento do mundo, José.*]*

*A rosa do povo*. Rio de Janeiro: José Olympio, 1945.

*Poesia até agora*. Rio de Janeiro: José Olympio, 1948. [*Alguma poesia, Brejo das almas, Sentimento do mundo, José, A rosa do povo, Novos poemas.*]

*Claro enigma*. Rio de Janeiro: José Olympio, 1951.

*Viola de bolso*. Rio de Janeiro: Serviço de Documentação do MEC, 1952.

*Fazendeiro do ar & Poesia até agora*. Rio de Janeiro: José Olympio, 1954.

*Viola de bolso novamente encordoada*. Rio de Janeiro: José Olympio, 1955.

*50 poemas escolhidos pelo autor*. Rio de Janeiro: Serviço de Documentação do MEC, 1956.

---

* A presente bibliografia de Carlos Drummond de Andrade restringe-se às primeiras edições de seus livros, excetuando obras renomeadas. Nos casos em que os livros não tiveram primeira edição independente, os respectivos títulos aparecem entre colchetes juntamente com os demais a compor a coletânea na qual vieram a público pela primeira vez. [*N. do E.*]

*Poemas*. Rio de Janeiro: José Olympio, 1959. [*Alguma poesia, Brejo das Almas, Sentimento do mundo, José, A rosa do povo, Novos poemas, Claro enigma, Fazendeiro do ar* e *A vida passada a limpo*.]

*Antologia poética*. Rio de Janeiro: Editora do Autor, 1962.

*Lição de coisas*. Rio de Janeiro: José Olympio, 1962.

*José & outros*. Rio de Janeiro: José Olympio, 1967. [*José, Novos poemas, Fazendeiro do ar, A vida passada a limpo, 4 poemas, Viola de bolso II*.]

*Versiprosa*. Rio de Janeiro: José Olympio, 1967.

*Boitempo & A falta que ama*. [*(In) Memória – Boitempo I*]. Rio de Janeiro: Sabiá, 1968.

*Reunião*: 10 livros de poesia. Introdução de Antonio Houaiss. Rio de Janeiro: José Olympio, 1969. [*Alguma poesia, Brejo das almas, Sentimento do mundo, José, A rosa do povo, Novos poemas, Claro enigma, Fazendeiro do ar, A vida passada a limpo, Lição de coisas* e *4 poemas*.]

*As impurezas do branco*. Rio de Janeiro: José Olympio, 1973.

*Menino antigo (Boitempo II)*. Rio de Janeiro: José Olympio; Brasília: Instituto Nacional do Livro, 1973.

*Esquecer para lembrar (Boitempo III)*. Rio de Janeiro: José Olympio, 1979.

*A paixão medida*. Ilustrações de Emeric Marcier. Rio de Janeiro: Alumbramento, 1980.

*Nova reunião*: 19 livros de poesia. 2 vols. Rio de Janeiro: José Olympio; Brasília: Instituto Nacional do Livro, 1983.

*O elefante*. Ilustrações de Regina Vater. Rio de Janeiro: Record, 1983.

*Corpo*. Ilustrações de Carlos Leão. Rio de Janeiro: Record, 1984.

*Amar se aprende amando*. Capa de Anna Leticya. Rio de Janeiro: Record, 1985.

*Boitempo I e II*. Rio de Janeiro: Record, 1987.

*Poesia errante*: derrames líricos (e outros nem tanto, ou nada). Rio de Janeiro: Record, 1988.

*O amor natural*. Ilustrações de Milton Dacosta. Rio de Janeiro: Record, 1992.

*Farewell*. Vinhetas de Pedro Augusto Graña Drummond. Rio de Janeiro: Record, 1996.

*Poesia completa*: volume único. Fixação de texto e notas de Gilberto Mendonça Teles. Introdução de Silviano Santiago. Rio de Janeiro: Nova Aguilar, 2002.

*Declaração de amor, canção de namorados*. Organização de Pedro Augusto Graña Drummond e Luis Mauricio Graña Drummond. Rio de Janeiro: Record, 2005.

*Versos de circunstância*. Organização de Eucanaã Ferraz. São Paulo: Instituto Moreira Salles, 2011.

*Nova reunião*: 23 livros de poesia. 3 vols. Rio de Janeiro: BestBolso, 2013.

## CONTO:

*O gerente*. Rio de Janeiro: Horizonte, 1945.

*Contos de aprendiz*. Rio de Janeiro: José Olympio, 1951.

*70 historinhas*. Rio de Janeiro: José Olympio, 1978.

*Contos plausíveis*. Ilustrações de Irene Peixoto e Márcia Cabral. Rio de Janeiro: José Olympio; Editora JB, 1981.

*Histórias para o rei*. Rio de Janeiro: Record, 1997.

## CRÔNICA:

*Fala, amendoeira*. Rio de Janeiro: José Olympio, 1957.

*A bolsa & a vida*. Rio de Janeiro: Editora do Autor, 1962.

*Para gostar de ler*. Com Fernando Sabino, Paulo Mendes Campos e Rubem Braga. Rio de Janeiro: Editora do Autor, 1962.

*Quadrante*. Com Cecília Meireles, Dinah Silveira de Queiroz, Fernando Sabino, Manuel Bandeira, Paulo Mendes Campos e Rubem Braga. Rio de Janeiro: Editora do Autor, 1962.

*Quadrante II*. Com Cecília Meireles, Dinah Silveira de Queiroz, Fernando Sabino, Manuel Bandeira, Paulo Mendes Campos e Rubem Braga. Rio de Janeiro: Editora do Autor, 1962.

*Cadeira de balanço*. Rio de Janeiro: José Olympio, 1966.

*Caminhos de João Brandão*. Rio de Janeiro: José Olympio, 1970.

*O poder ultrajovem*. Rio de Janeiro: José Olympio, 1972.

*De notícias & não notícias faz-se a crônica*: histórias, diálogos, divagações. Rio de Janeiro: José Olympio, 1974.

*Os dias lindos*. Rio de Janeiro: José Olympio, 1977.

*Crônica das favelas cariocas*. Rio de Janeiro: [edição particular], 1981.

*Boca de luar*. Rio de Janeiro: Record, 1984.

*Crônicas 1930-1934*. Crônicas de Drummond assinadas com os pseudônimos Antônio Crispim e Barba Azul. *Revista do Arquivo Público Mineiro*, Belo Horizonte, ano XXXV, 1984.

*Moça deitada na grama*. Rio de Janeiro: Record, 1987.

*Autorretrato e outras crônicas*. Seleção de Fernando Py. Rio de Janeiro: Record, 1989.

*Quando é dia de futebol*. Organização de Pedro Augusto Graña Drummond e Luis Mauricio Graña Drummond. Rio de Janeiro: Record, 2002.

*Receita de Ano Novo*. Organização de Pedro Augusto Graña Drummond e Luis Mauricio Graña Drummond. Ilustrações de Mariana Massarani. Rio de Janeiro: Record, 2008.

OBRA REUNIDA:

*Obra completa*. Estudo crítico de Emanuel de Moraes, fortuna crítica, cronologia e bibliografia. Rio de Janeiro: Nova Aguilar, 1964.

*Poesia completa e prosa*. Estudo crítico de Emanuel de Moraes, fortuna crítica, cronologia e bibliografia. Rio de Janeiro: Nova Aguilar, 1973.

*Poesia e prosa*. Estudo crítico de Emanuel de Moraes, fortuna crítica, cronologia e bibliografia. Rio de Janeiro: Nova Aguilar, 1979.

ENSAIO E CRÍTICA:

*Confissões de Minas*. Rio de Janeiro: Americ-Edit, 1944.

*García Lorca e a cultura espanhola*. Rio de Janeiro: Ateneu Garcia Lorca, 1946.

*Passeios na ilha*: divagações sobre a vida literária e outras matérias. Rio de Janeiro: Simões, 1952.

*O observador no escritório*. Rio de Janeiro: Record, 1985.

*O avesso das coisas*: aforismos. Ilustrações de Jimmy Scott. Rio de Janeiro: Record, 1987.

*Conversa de livraria 1941 e 1948*. Reunião de textos assinados sob os pseudônimos de O Observador Literário e Policarpo Quaresma, Neto. Porto Alegre: AGE; São Paulo: Giordano, 2000.

*Amor nenhum dispensa uma gota de ácido*: escritos de Carlos Drummond de Andrade sobre Machado de Assis. Organização de Hélio de Seixas Guimarães. São Paulo: Três Estrelas, 2019.

INFANTIL:

*O pipoqueiro da esquina*. Ilustrações de Ziraldo. Rio de Janeiro: Codecri, 1981.

*História de dois amores*. Ilustrações de Ziraldo. Rio de Janeiro: Record, 1985.

*O sorvete e outras histórias*. São Paulo: Ática, 1993.

*A cor de cada um*. Rio de Janeiro: Record, 1996.

*A senha do mundo*. Rio de Janeiro: Record, 1996.

*Criança dagora é fogo*. Rio de Janeiro: Record, 1996.

*Vó caiu na piscina*. Rio de Janeiro: Record, 1996.

*Rick e a girafa*. Ilustrações de Maria Eugênia. São Paulo: Ática, 2001.

*Menino Drummond*. Ilustrações de Angela Lago. São Paulo: Companhia das Letrinhas, 2021.

# BIBLIOGRAFIA SOBRE
# CARLOS DRUMMOND DE ANDRADE
# (SELETA)

ACHCAR, Francisco. *A rosa do povo & Claro enigma*: roteiro de leitura. São Paulo: Ática, 1993.

AGUILERA, Maria Veronica Silva Vilariño. *Carlos Drummond de Andrade*: a poética do cotidiano. Rio de Janeiro: Expressão e Cultura, 2002.

AMZALAK, José Luiz. *De Minas ao mundo vasto mundo*: do provinciano ao universal na poética de Carlos Drummond de Andrade. São Paulo: Navegar, 2003.

ANDRADE, Carlos Drummond; SARAIVA, Arnaldo (orgs.). *Uma pedra no meio do caminho*: biografia de um poema. Apresentação de Arnaldo Saraiva. Rio de Janeiro: Editora do Autor, 1967.

ARQUIVO-MUSEU DE LITERATURA BRASILEIRA. *Inventário do Arquivo Carlos Drummond de Andrade*. Apresentação de Eliane Vasconcelos. Rio de Janeiro: Fundação Casa de Rui Barbosa, 1998.

ARRIGUCCI JR., Davi. *Coração partido*: uma análise da poesia reflexiva de Drummond. São Paulo: Cosac Naify, 2002.

BARBOSA, Rita de Cássia. *Poemas eróticos de Carlos Drummond de Andrade*. São Paulo: Ática, 1987.

BISCHOF, Betina. *Razão da recusa*: um estudo da poesia de Carlos Drummond de Andrade. São Paulo: Nankin, 2005.

BOSI, Alfredo. *Três leituras*: Machado, Drummond, Carpeaux. São Paulo: 34, 2017.

BRASIL, Assis. *Carlos Drummond de Andrade*: ensaio. Rio de Janeiro: Livros do Mundo Inteiro, 1971.

BRAYNER, Sônia (org.). *Carlos Drummond de Andrade*. Coleção Fortuna Crítica 1. Rio de Janeiro: Civilização Brasileira, 1977.

CAMILO, Vagner. *Drummond*: da rosa do povo à rosa das trevas. São Paulo: Ateliê, 2001.

CAMINHA, Edmílson (org.). *Drummond*: a lição do poeta. Teresina: Corisco, 2002.

_____. *O poeta Carlos & outros Drummonds*. Brasília: Thesaurus, 2017.

CAMPOS, Haroldo de. *A máquina do mundo repensada*. São Paulo: Ateliê, 2000.

CAMPOS, Maria José. *Drummond e a memória do mundo*. Belo Horizonte: Anome Livros, 2010.

CANÇADO, José Maria. *Os sapatos de Orfeu*: biografia de Carlos Drummond de Andrade. São Paulo: Scritta, 1993.

CARVALHO, Leda Maria Lage. *O afeto em Drummond*: da família à humanidade. Itabira: Dom Bosco, 2007.

CHAVES, Rita. *Carlos Drummond de Andrade*. São Paulo: Scipione, 1993.

COÊLHO, Joaquim-Francisco. *Terra e família na poesia de Carlos Drummond de Andrade*. Belém: Universidade Federal do Pará, 1973.

CORREIA, Marlene de Castro. *Drummond*: a magia lúcida. Rio de Janeiro: Jorge Zahar, 2002.

COSTA, Francisca Alves Teles. *O constante diálogo na poesia de Carlos Drummond de Andrade*. Fortaleza: Secretaria de Cultura e Desporto, 1987.

COUTO, Ozório. *A mesa de Carlos Drummond de Andrade*. Ilustrações de Yara Tupynambá. Belo Horizonte: ADI Edições, 2011.

CRUZ, Domingos Gonzalez. *No meio do caminho tinha Itabira*: a presença de Itabira na obra de Carlos Drummond de Andrade. Rio de Janeiro: Achiamé; Calunga, 1980.

CUNHA, Maria Antonieta Antunes. *O discurso indireto livre em Carlos Drummond de Andrade*. Belo Horizonte: Imprensa Oficial, 1971.

_____. *Carlos Drummond de Andrade*. São Paulo: Moderna, 2006.

CURY, Maria Zilda Ferreira. *Horizontes modernistas*: o jovem Drummond e seu grupo em papel jornal. Belo Horizonte: Autêntica, 1998.

DALL'ALBA, Eduardo. *Drummond*: a construção do enigma. Caxias do Sul: EDUCS, 1998.

_____. *Noite e música na poesia de Carlos Drummond de Andrade*. Porto Alegre: AGE, 2003.

DIAS, Márcio Roberto Soares. *Da cidade ao mundo*: notas sobre o lirismo urbano de Carlos Drummond de Andrade. Vitória da Conquista: Edições UESB, 2006.

FERREIRA, Diva. *De Itabira... um poeta*. Itabira: Saitec Editoração, 2004.

GALDINO, Márcio da Rocha. *O cinéfilo anarquista*: Carlos Drummond de Andrade e o cinema. Belo Horizonte: BDMG, 1991.

GARCIA, Nice Seródio. *A criação lexical em Carlos Drummond de Andrade*. Rio de Janeiro: Rio, 1977.

GARCIA, Othon Moacyr. *Esfinge clara*: palavra-puxa-palavra em Carlos Drummond de Andrade. Rio de Janeiro: São José, 1955.

GLEDSON, John. *Poesia e poética de Carlos Drummond de Andrade*. Tradução do autor. São Paulo: Duas Cidades, 1982.

_____. *Influências e impasses: Drummond e alguns contemporâneos*. São Paulo: Companhia das Letras, 2003.

GUIMARÃES, Júlio Castañon. *Distribuição de papéis*: Murilo Mendes escreve a Carlos Drummond de Andrade e a Lúcio Cardoso. Rio de Janeiro: Fundação Casa de Rui Barbosa, 1996.

GUIMARÃES, Raquel Beatriz Junqueira. *Pedro Nava, leitor de Drummond*. Campinas: Pontes, 2002.

HOUAISS, Antonio. *Drummond mais seis poetas e um problema*. Rio de Janeiro: Imago, 1976.

INOJOSA, Joaquim. *Os Andrades e outros aspectos do Modernismo*. Rio de Janeiro: Civilização Brasileira, 1975.

KINSELLA, John. *Diálogo de conflito*: a poesia de Carlos Drummond de Andrade. Natal: Editora da UFRN, 1995.

LAUS, Lausimar. *O mistério do homem na obra de Drummond*. Rio de Janeiro: Tempo Brasileiro; Brasília: Instituto Nacional do Livro, 1978.

LIMA, Mirella Vieira. *Confidência mineira*: o amor na poesia de Carlos Drummond de Andrade. Campinas: Pontes; São Paulo: EDUSP, 1995.

LINHARES FILHO. *O amor e outros aspectos em Drummond*. Fortaleza: Editora UFC, 2002.

LOPES, Carlos Herculano. *O vestido*. São Paulo: Geração Editorial, 2004.

LUCAS, Fábio. *O poeta e a mídia*: Carlos Drummond de Andrade e João Cabral de Melo Neto. São Paulo: Senac, 2003.

MAIA, Maria Auxiliadora. *Viagem ao mundo gauche de Drummond*. Salvador: Edição da autora, 1984.

MALARD, Letícia. *No vasto mundo de Drummond*. Belo Horizonte: Editora UFMG, 2005.

MARIA, Luzia de. *Drummond*: um olhar amoroso. Rio de Janeiro: Léo Christiano Editorial, 1998.

MARQUES, Ivan. *Cenas de um modernismo de província*: Drummond e outros rapazes de Belo Horizonte. São Paulo: 34, 2011.

MARTINS, Hélcio. *A rima na poesia de Carlos Drummond de Andrade*. Introdução de Antonio Houaiss. Rio de Janeiro: José Olympio, 1968.

MARTINS, Maria Lúcia Milléo. *Duas artes*: Carlos Drummond de Andrade e Elizabeth Bishop. Belo Horizonte: Editora UFMG, 2006.

MELO, Tarso de; STERZI, Eduardo. *7 X 2 (Drummond em retrato)*. Santo André: Alpharrabio, 2002.

MERQUIOR, José Guilherme. *Verso universo em Drummond*. Tradução de Marly de Oliveira. Rio de Janeiro: José Olympio, 1975.

MONTEIRO, Salvador; KAZ, Leonel (orgs.). *Drummond frente e verso*: fotobiografia de Carlos Drummond de Andrade. Rio de Janeiro: Alumbramento; Livroarte, 1989.

MORAES, Emanuel de. *Drummond rima Itabira mundo*. Rio de Janeiro: José Olympio, 1972.

MORAES, Lygia Marina. *Conheça o escritor brasileiro Carlos Drummond de Andrade*. Rio de Janeiro: Record, 1977.

MORAES NETO, Geneton. *O dossiê Drummond*. São Paulo: Globo, 1994.

MOTTA, Dilman Augusto. *A metalinguagem na poesia de Carlos Drummond de Andrade*. Rio de Janeiro: Presença, 1976.

NOGUEIRA, Lucila. *Ideologia e forma literária em Carlos Drummond de Andrade*. Recife: Fundarpe, 1990.

PY, Fernando. *Bibliografia comentada de Carlos Drummond de Andrade (1918-1930)*. Rio de Janeiro: José Olympio; Brasília: Instituto Nacional do Livro, 1980.

ROSA, Sérgio Ribeiro. *Pedra engastada no tempo*: ao cinquentenário do poema de Carlos Drummond de Andrade. Porto Alegre: Cultura Contemporânea, 1978.

SAID, Roberto. *A angústia da ação*: poesia e política em Drummond. Curitiba: Editora UFPR; Belo Horizonte: Editora UFMG, 2005.

SANT'ANNA, Affonso Romano de. *Drummond, o gauche no tempo*. Rio de Janeiro: Lia Editor; Instituto Nacional do Livro, 1972.

SANTIAGO, Silviano. *Carlos Drummond de Andrade*. Petrópolis: Vozes, 1976.

SANTOS, Vivaldo Andrade dos. *O trem do corpo*: estudo da poesia de Carlos Drummond de Andrade. São Paulo: Nankin, 2006.

SCHÜLER, Donaldo. *A dramaticidade na poesia de Drummond*. Porto Alegre: URGS, 1979.

SILVA, Sidimar. *A poeticidade na crônica de Drummond*. Goiânia: Kelps, 2007.

SIMON, Iumna Maria. *Drummond*: uma poética do risco. São Paulo: Ática, 1978.

SÜSSEKIND, Flora. *Cabral – Bandeira – Drummond*: alguma correspondência. Rio de Janeiro: Fundação Casa de Rui Barbosa, 1996.

SZKLO, Gilda Salem. *As flores do mal nos jardins de Itabira*: Baudelaire e Drummond. Rio de Janeiro: Agir, 1995.

TALARICO, Fernando Braga Franco. *História e poesia em Drummond*: A rosa do povo. Bauru: EDUSC, 2011.

TEIXEIRA, Jerônimo. *Drummond*. São Paulo: Abril, 2003.

_____. *Drummond cordial*. São Paulo: Nankin, 2005.

TELES, Gilberto Mendonça. *Drummond*: a estilística da repetição. Prefácio de Othon Moacyr Garcia. Rio de Janeiro: José Olympio, 1970.

VASCONCELLOS, Eliane. *O Arquivo-Museu de Literatura Brasileira*: um sonho drummondiano. Rio de Janeiro: Fundação Casa de Rui Barbosa, 2002.

VIANA, Carlos Augusto. *Drummond*: a insone arquitetura. Fortaleza: Editora UFC, 2003.

VIEIRA, Regina Souza. *Boitempo*: autobiografia e memória em Carlos Drummond de Andrade. Rio de Janeiro: Presença, 1992.

VILLAÇA, Alcides. *Passos de Drummond*. São Paulo: Cosac Naify, 2006.

WALTY, Ivete Lara Camargos; CURY, Maria Zilda Ferreira (orgs.). *Drummond*: poesia e experiência. Belo Horizonte: Autêntica, 2002.

WISNIK, José Miguel. *Maquinação do mundo*: Drummond e a mineração. São Paulo: Companhia das Letras, 2018.

YUNES, Eliana; BINGEMER, Maria Clara L. (orgs.). *Murilo, Cecília e Drummond*: 100 anos com Deus na poesia brasileira. São Paulo: Loyola, 2004.

# ÍNDICE DE PRIMEIROS VERSOS

À beira do negro poço, 75

A igreja era grande e pobre. Os altares, humildes, 67

A madureza, essa terrível prenda, 18

A sombra azul da tarde nos confrange, 49

Agora me lembra um, antes me lembrava outro, 89

Amar o perdido, 26

Às duas horas da tarde deste nove de agosto de 1847, 79

Bem quisera escrevê-la, 93

Bom dia: eu dizia à moça, 50

Cada dia que passa incorporo mais esta verdade, de que eles não
vivem senão em nós, 87

Chegas, e um mundo vai-se, 57

Como esses primitivos que carregam por toda parte o maxilar inferior
de seus mortos, 47

Deus me deu um amor no tempo de madureza, 53

E como eu palmilhasse vagamente, 109

E não gostavas de festa..., 96

Era tão claro o dia, mas a treva, 113

Escurece, e não me seduz, 15

Eu quero compor um soneto duro, 39

Já não queria a maternal adoração, 41

Meu pai perdi no tempo e ganho em sonho, 95

Na rua escura o velho poeta, 60

Não amei bastante meu semelhante, 20

Não calques o jardim, 68

Noite. Certo, 40

Num bar fechado há muitos, muitos anos, e cujas portas de aço
bruscamente se descerram, encontro, que eu nunca vira, o poeta
Mário Quintana, 61
Numa incerta hora fria, 90
O coração pulverizado range, 29
O filho que não fiz, 28
O mundo não vale o mundo, 35
Onda e amor, onde amor, ando indagando, 46
Onde nasci, morri, 24
Os cinco anos de tua morte, 63
Pintor da soledade nos vestíbulos, 27
Que lembrança darei ao país que me deu, 19
Que metro serve, 21
Que pode uma criatura senão, 45
Salve, reino animal:, 22
Se uma águia fende os ares e arrebata, 52
Sobre o tempo, sobre a taipa, 71
Sonhei que estava sonhando, 32
Tão delicados (mais que um arbusto) e correm, 25
Tua memória, pasto de poesia, 17

Este livro foi composto na tipografia
Arno Pro, em corpo 11/14, e impresso em
papel off-white no Sistema Digital Instant Duplex
da Divisão Gráfica da Distribuidora Record.